KB107658

읽는 슬픔,　　　말하는 사랑

우리가 시를 읽으며 나누는
마흔아홉 번의 대화

읽는 슬픔,   말하는 사랑

황인찬 읽고 쓰다

안온

차례

3부　｜　계속 시작되는 오늘

일러두기

○ 이 책은 네이버 오디오클립 〈황인찬의 읽고 쓰는 삶〉에
   실린 콘텐츠를 선별하여 엮었습니다.
○ 옛말로 된 시는 본뜻을 해치지 않는 수준에서
   일부 현대어로 수정하였습니다.

I부

혼자여도
괜찮을 거야

너 혼자

1. 너 혼자 올 수 있겠니
2. 너 혼자 올라올 수 있겠니
3. 너 혼자 여기까지 올 수 있겠니

안개가 자욱한데. 내 모습을 볼 수 있겠니. 하지만
다행이구나 오랜 가뭄 끝에 강물이 말라 건너기는 쉽겠구
나. 발밑을 조심하렴. 밤새 쌓인 적막이 네 옷자락을 잡을
지도 모르니 조심해서 건너렴.

나는 삼십 센티미터의 눈금을 들고, 또 나는 사십 센
티미터의 눈금을 들고, 또 나는 줄자를 들고 홀로 오는 너
를 기다리고 있단다.

1. 너 혼자 말해볼 수 있겠니
2. 너 혼자 만져볼 수 있겠니
3. 너 혼자 돌아갈 수 있겠니

바스락 바스락. 안개 속에 네 옷깃이 스치는 소리가
들리는구나. 네가 네 청춘을 밟고 오는 소리가 들리는구

나. 하지만 기운을 내렴.

　　한때 네가 두들기던 실로폰 소리를 기억하렴, 나는,
나는, 삼십과 사십 센티미터의 눈금을 들고, 줄자를 들고,
홀로 오는 너를 기다리고 있단다. 딩동동 딩동동, 네 주머
니 속에서 울리는 내 소리를 기억하렴. 하지만,

　　1. 너 혼자 내려갈 수 있겠니
　　2. 너 혼자 눈물 닦을 수 있겠니
　　3. 너 혼자 이 자욱한 안개 나무의 둘레를 재어볼 수
있겠니

◆ 《마라나, 포르노 만화의 여주인공》, 문학과지성사, 2017.

혼자여도
괜찮을 거야

많은 시간을 혼자서 지내고 있습니다. 아마 많은 분이 그렇게 지내고 계시리라 생각해요. 예전에는 강의든 회의든 외출할 일이 더러 있었는데, 근래에는 일부러 나갈 일을 만들지 않으면 종일 혼자입니다. 강의도 회의도 모두 온라인으로 진행될 때가 많고, 친구를 만나는 일도 아주 크게 줄었잖아요. 팬데믹 상황에서 1인 가구의 삶이란 외로움에 익숙해지는 과정인 것 같습니다. 그래서 요즘 일상은 대체로 이런 식입니다. 1) 오전에 눈을 뜬다(대체로 9시 전후). 2) 아침이나 아점을 챙겨 먹는다. 3) 집을 떠나지 않고 잠들기 전까지 계속 일한다. 그리고 1) 오전에 눈을 뜬다…….

너무 지루할 것 같다고 생각하는 분도 계시겠지만, 이런 반복 속에서 균형을 잡고 삶의 리듬을 유지해나가는 것도 의외로 즐겁습니다. 익숙함이 주는 안도감이라는 게 있잖아요. 미래가 불투명한 시기, 우리의 삶 속에서 안심할 수 있는 영역을 어떻게든 가꿔나가는 게 우리에게 필요한 일이라는 생각이 들어요.

그런 의미에서의 나 혼자, 그리고 너 혼자에 대해 생각해봤어요. 박상순 시인의 〈너 혼자〉라는 시는 제가 무척 좋아하는 시 가운데 하나입니다. "너 혼자 올 수 있겠"느냐고 묻는 저 말이 어찌나 다정하고 또 슬프게 들려오는지, 한때는 저의 '눈물 철철 시' 가운데 하나였어요. 어째서일까요. "너 혼자 올 수 있겠니"라는 그 말이 그토록 슬프게 들린 까닭은 무엇이었을까요. 아마 너 혼자 올 수 있겠느냐는 저 말에서 우리가 혼자가 아니었던 시절을 떠올리게 되기 때문일 거예요. "1. 너 혼자 말해볼 수 있겠니/ 2. 너 혼자 만져볼 수 있겠니/ 3. 너 혼자 돌아갈 수 있겠니" 그렇게 말할 때, 말하고 만지고 다시 돌아가는, 혼자가 아니던 때를 생각하게 되는 거예요. 저에게는 그 모든 것이 불가능한 사랑에 대한 이야기처럼 들렸던 것입니다.

이 시를 처음 접했을 당시에는 누군가와 그토록 열렬하게 함께한 적도 없었습니다. 오히려 짝사랑만 했죠. 짝사랑만 여러 번이었습니다. 부풀어 오른 마음에 괴로워하고, 다시 그 마음이 꺼지고, 그러다가 또 누굴 사랑하게 되고, 이리저리 흔들리는 마음을 겨우 움켜쥐고 살았는데요. 그런데 아시죠. 상상으로 하는 사랑이 더 처절한 거. 박상순 시인의 시가 혼자였던 그 시절의 저에게 건네는 말처럼 느껴지기도 했습니다.

그런데 나이를 좀더 먹고 나서는, 어쩌면 이것이 사랑에 대한 이야기가 아닐 수도 있다는 생각이 들었습니다. 조금 이상한 말이지만 사랑에 대한 이야기라기에는 이 시의 목소리가 너무 다정했거든요. 그렇다면 이 말은 누가 누구에게 건네는 것일까, 누구에게 전하는 말이기에 이토록 마음을 들쑤시는 것일까, 고민하게 되었어요. 시라는 것은 참 재미있죠. 시간이 지나서 다시 읽으면 이렇게 그 생각이 바뀌고는 하니까요.

이 시가 젊은 시절의 자신에게 건네는 말일 수도 있겠다 여긴 것은 그리 오래지 않은 일입니다. "나는, 나는, 나는, 삼십과 사십 센티미터의 눈금을 들고, 줄자를 들고, 홀로 오는 너를 기다리고 있단다." 그렇게 말을 건넬 때, 이건 말 그대로 더 이상은 어리다고 말할 수 없는 나이가 된 사람의 목소리일 수도 있겠다는 생각을 했어요. 삼십과 사십 센티미터라는 거리는 어른의 나이와 그에 따르는 기준을 가리키는 말인지도 모르겠어요. 그리고 그렇게 어른이 된 내가 어릴 적의 나를 떠올리며, 그때의 고독함과 불안함을 떠올리며 말을 건네는 시일 수도 있겠다는 생각을 했습니다. 아직 열여덟 살인 나야, 스물세 살인 나야, 지금 여기까지 혼자서 올 수 있겠니. 너 혼자여도 괜찮은 거니.

홀로 일상을 보내며 균형을 잡고 반복에서 안정감을 느끼는 것도 어른이 되었기에 할 수 있는 생각일 거예요. 어린 시절의 저를 생각해보면, 스스로가 혼자라는 사실이 너무 견디기 어려웠고, 그 누구든 저를 구해주기를 바랐습니다. 그런 자신의 모습이 떠오른다면, 그 누구라도 어린 시절의 자신을 향해 걱정과 위로의 말을 건네지 않을까요.

몇 년이 지나면, 이 시를 읽고 드는 생각이 또 바뀔 거예요. 하지만 지금은, 그러니까 모두가 그 어느 때보다 홀로 많은 시간을 보내는 지금은, 이렇게 이 시를 읽고 이해하며, 여러분에게 말을 건네고 싶습니다.

연보

이육사

'너는 돌다리목에 쉬 왔다'던
할머니 핀잔이 참이라고 하자

나는 진정 강언덕 그 마을에
버려진 문받이였는지 몰라?

그러기에 열여덟 새봄은
버들피리 곡조에 불어 보내고

첫사랑이 흘러간 항구의 밤
눈물 섞어 마신 술, 피보다 달더라

공명이 마다곤들 언제 말이나 했나?
바람에 붙여 돌아온 고장도 비고

서리 밟고 걸어간 새벽길 위에
간(肝) 잎만이 새하얗게 단풍이 들어

거미줄만 발목에 걸린다 해도

쇠사슬을 잡아맨 듯 무거워졌다

눈 위에 걸어가면 자욱이 지리라고
때로는 설레며 바람도 불지

◆ 《시학》 1호, 1939.

나는 어디에서 왔을까
또 어디로 갈까

"너는 어릴 적 다리 밑에서 주워 왔어."

이런 말 들어보셨나요? 저는 아마 대여섯 살쯤에 어머니께 들은 것 같습니다. 그때는 무슨 말인지 제대로 이해하지 못해서 뭐라고 대꾸하지 못했습니다. 뒤늦게 의미를 알고서도 어쩐지 와닿지 않아서 금세 잊어버렸고요. 내가 엄마 아들이 아니면 누구 자식이겠어? 다리에서 주워왔으면 엄마 아들 아닌가? 아마 이런 식으로 저 편한 대로 생각하면서 지나간 것 같습니다. 저의 둔함과 자기중심적인 성격이 나름의 도움이 된 것이겠죠.

나는 어디에서 왔을까, 이 고민은 '나'라는 개념이 생기면서 자연스레 찾아오는 질문일 것입니다. 자아가 성립하기 시작하는 어린 시절에 생기는 질문이지만, 동시에 어린 시절에는 이해하기 쉽지 않은 질문이죠. 부모님 입장에서도 얼마나 곤란하겠어요. 생물학적인 내용을 설명하기도 쉽지 않고, 존재론적인 문제를 논할 수도 없잖아요. 여러모로 쉽지 않은 질문을 맞닥뜨린 부모님이 그 순간을 모면하기 위해 다리 밑에서 주워왔다 운운한 거겠죠.

그보다 조금 현대화된 버전은 "부모님이 서로 사랑해서 네가 나왔단다"일 텐데요. 보통은 이쯤에선 그렇구나, 하고 멈추기 마련이지만, 때로는 어떻게요, 라거나 왜요, 라거나 하는 추가 질문이 따라붙기도 하죠. 저는 초등학생 때 읽었던 어린이 과학책에서 정자와 난자가 만나서 아이가 생긴다는 것까지는 설명을 해줬는데, 정자와 난자가 어떻게 만나는지는 어물쩍 넘어가는 바람에(아직 밝혀지지 않았다고 쓰여 있었습니다!), 과학자가 되어서 그 비밀을 밝혀야겠다고 생각했습니다. 그만큼 교육 서적에서조차 쉽지 않은 일이었던 거죠.

이게 시간이 지나 알 것 좀 알게 되었다고 해결되는 질문도 아닙니다. '나'는 어디에서 왔는가, 이 질문이 철학을 만들고 종교로 이어졌으니까요. 대체 인간이란 무엇이고, '나'는 또 무엇일까요. 너무 잘 알고 있지만, 사실은 전혀 알지 못하는 문제죠. 사람은 어린 시절부터 가져온 고민을 죽을 때까지 이어가는지도 모르겠습니다.

이육사 시인은 우리에게 '철인', '광야' 이런 단어와 이미지로 익숙한 시인이지만 〈연보〉는 그와는 사뭇 다른 분위기의 시입니다. 조금은 쓸쓸하고, 또 일상적인 느낌이 많이 나는데요. 시는 "너는 돌다리목에서 쥐 왔다"는 할머니의 말로 시작됩니다. 할머니의 핀잔을 참이라 하자고, 그렇게 말할 때는 무엇인가를 내려놓고 말하는 것 같기도 하죠. 옛날 말이라 바로 귀에 들어오지 않고 어색할 수도 있겠지만, 이 시의 화자는 자신의 삶을 돌이켜보고 있습니다. 자신의 삶을 돌아보며, 아, 어쩌면 나는 할머니 말대로 다리 밑에서 주워 온 애였을 수도 있겠다, 강 언덕 마을의 문받이, 그러니까 문밖에서 주워 온 아이였을지도 모르겠다, 그렇게 말문을 여는 거죠.

그리고 시는 삶을 돌아봅니다. 아름다웠던 10대 시절과 첫사랑의 아픔도 떠올리고, 어른이 되고서는 대단한 일을 이루지도 못한 채로 텅 빈 고향에 돌아왔노라 말하고 있죠. 이어서 시점은 현재에 이릅니다. 새벽의 겨울 산을 홀로 걸으면서 속이 하얗게 타들어가고, 발에 걸리는 거미줄마저 쇠사슬처럼 무겁습니다.

시인은 아마도 일제 치하에 대한 분노와 잃어버린 아름다운 과거에 대한 안타까움으로 이 시를 지은 것이겠지만, 저는 이 시의 무력감과 허망함이 마치 제 일처럼 느껴집니다. 많은 사람이 마찬가지 마음 아닐까요?

내 삶에서 내가 제대로 이룬 것은 아무것도 없는 것 같고, 아름답고 좋았던 시절은 모두 과거에 있으며 또 그 과거의 흔적은 이제 찾아볼 수도 없어서, 살아 있는 이 순간순간이 모두 무겁고 버겁게만 느껴지는 것, 내가 한없이 보잘것없고 왜소하게만 느껴지는 그 마음, 저만 그런 것은 아니겠지요. 발에 걸리는 거미줄마저 쇠사슬처럼 느껴진다는 시인의 고백이 마음 깊게 와닿는 것 또한 저뿐만은 아닐 겁니다.

하지만 기개가 넘치는 시인답게, 이육사의 시는 절망으로 끝나지는 않습니다. "눈 위에 걸어가면 자욱이 지리라고/ 때로는 설레며 바람도 불지" 시인은 이렇게 고된 겨울 산길에도 분명 남는 것이 있다고, 그리고 가끔은 나를 찾아오는 것도 있다고, 그렇게 말하며 시를 끝맺습니다.

삶의 어느 순간, 나는 어디서 왔는지, 또 어디로 갈 수 있을지 도무지 알 수 없을 것만 같은 때가 찾아오죠. 시에서 그리고 있는 것처럼 내가 온 곳마저 이제는 찾아볼 수 없고, 나는 내 고향으로부터 너무 멀리 떠나온, 내 생각과는 전혀 다른 어른이 됐을 수도 있습니다. 그 결과, 앞으로의 미래 또한 어떻게 될지 알 수 없게 되기도 하겠죠. 하지만 그래도 우리는 어딘가를 향해 계속해서 걸어갈 테고요. 우리가 어딘가를 향해 걸어갔다는 그 사실만은 분명히 남을 겁니다. 그것만이 우리가 현실을 견딜 수 있는 유일한 태도이고 방식일 수도 있겠다는 생각이 드네요.

봄나물 다량 입하라기에

있을 때 사둔다
무침으로도 버무리고 국으로도 끓이고
죽으로도 불린다
봄이 가면 냉이는 잡초 따위라지 않는가

봄처녀도 아니면서
나물 이름 보고 나물 이름 따라 읽는
한글 떼는 중에 아이도 아니면서
애나 개가 생기면 아꼈다 불러야지
지천으로 나물향이나 퍼뜨릴 욕심으로

냉이는 왜 냉일까요
그러거나 말거나 부르면 명찰이지
냉이야 쑥아 달래야 두릅아
개중 씀바귀는 씀바귀야 씀박아
호명으론 좀 쌉싸래해서 별로다 싶고
손맛보다는 이름맛이 나물맛이라
국산 냉이 두 움큼 크게 집어
달아주십사 하니 2,960원

산에 가 뜯어봐야 알까나
장에 가 팔아봐야 알까나
싼 건지 비싼 건지 도통 가늠이 안 되는
냉이더미를 놓고 나물값을 매기는
플러스마트 나물 코너 아저씨가
조끼 주머니에서 휴대폰을 꺼내들 적에

냉이는 그냥 냉이네요
한자로는 제채라 부른다는데
보니까 겨잣과에 속한 두해살이풀이래요
겨자는 노랭인데 냉이 어디가 노란가
5월에서 6월에 흰 꽃이 핀다는데
아무리 봐도 그건 나도 모르겠네요

계산대 뒤로 줄 선 나를 끝끝내 찾아와
휴대폰 속 두산백과에 뜬 냉이를
굳이 보여줄 필요까지는 없었는데
그러한 아저씨의 친절이

내일의 시나 될까 싶었는데

저기 저참으로 간 아저씨의
손으로 코 푸는 소리 들린다

♦ 《아름답고 쓸모없기를》, 문학동네, 2016.

이름에도
뜻이 있다는데

이름에 어질 '인'과 빛날 '찬'을 씁니다. 그대로 풀자면 어질게 빛나라는 뜻이죠. 이름대로 살고 있는지는 모르겠는데, 어쨌거나 뜻은 좋은 이름이라고 생각합니다. 이름이 갖는 효과가 참 대단하죠. 옛날 사람들은 이름에 특별한 의미를 부여하기도 했고요. 이를테면 너무 좋은 이름은 오히려 좋지 않다는 믿음이 있었던 것도 그런 이유일 거예요. 삶이 이름에 미치지 못하면 그 삶이 오히려 해를 입을 거라 생각했던 것이니까요. 말하고 보니 제 삶도 이름에 미치지 못하고 있으니, 불안하기도 한데요. 심지어 어디서 들은 바로는 제 이름에 들어가는 빛날 찬 자도 이름에 쓰기에 그리 좋은 한자는 아니라고 하더라고요.

그래서 오히려 함부로 지은 이름을 붙이기도 했다죠. 흔한 이름이 액운을 막아주리라 믿으면서요. 개똥이라거나 하는 이름도 사실은 아이가 불행하지 않기를 바라며 붙여준 이름이라 생각하면 다정하게 느껴집니다. 물론 이상한 이름 탓에 평생 불만과 불행을 느낄 수도 있겠지요.

생물의 이름들을 찾아보는 것을 좋아합니다. 별별 이름이 다 있어요. 너도밤나무, 나도밤나무의 존재를 알게 되고서는 정말 놀라기도 했고요. 할미새사촌이나 사마귀붙이 같은 이름도 정말 이상하다고 생각했어요. 편한 대로 부르는 이름이 아닌, 생물학적 맥락에서 붙인 이름이라고 하더라고요. 밤나무나 할미새, 사마귀 등과 친연성을 가진 종에게 그렇게 붙인다고 해요. 이름의 본래 용도에 충실한 거죠. 사물을 가리키기 위해 붙였으니까요.

이름이라는 것은 두 가지 용도가 있는 듯합니다. 하나는 사물을 구분하고 가리키기 위함이고, 또 하나는 사물에 대해 품는 기대와 마음을 드러내기 위함이겠죠. 방금 얘기한 할미새사촌이 전자이고, 제 이름 인찬이나 개똥이 같은 이름은 후자일 것입니다. 아프리카의 기린은 상상 속의 동물 기린이 먼저 있었고, 그 기린과 닮았다는 생각에 그 이름을 붙인 거였으니, 이름의 두 용도가 모두 나타난 사례라고할 수 있겠습니다

때로는 무언가의 이름을 아는 것만으로도 흡족해질 때가 있어요. 사물의 정체를 알게 되기도 하고, 사물에 담긴 마음을 알게 되기도 하니까요. 한편으론 이런 말도 있죠. 이름 세 글자 말고는 아무것도 모른다. 이름은 아무것도 설명하지 못한다는 뜻이기도 합니다. 저도 그랬어요. 백과사전에 적힌 여러 동물과 식물의 이름을 보는 것을 좋아했고, 이름을 알게 되는 것만으로 그 생물을 다 아는 것 같은 기분이

들었는데요. 하지만 사실 그 생물에 대해 아는 것은 하나도 없었죠. 그래서 시인들은 이름에 많은 의미를 부여하나 봐요. 왜 김춘수 시인의 〈꽃〉도 그랬고요.

김민정 시인의 〈봄나물 다량 입하라기에〉 역시 사물과 이름의 관계에 대한 흥미로운 생각을 보여주는 시입니다. 냉이, 두릅, 씀바귀…… 이런 나물의 이름들은 참 정겹기도 하죠. 시인은 그 이름들에 대해 생각하고 그 말들을 곱씹어봅니다. 그렇게 곱씹어보는 것만으로도 나물 향이 나는 것만 같아요. 시인도 말하잖아요 "손맛보다는 이름맛이 나물맛이라"고요. 그래서 시 속에서 화자는 무심코 "냉이는 왜 냉일까요" 물어보기도 하죠.

그런데 또 나물 파는 아저씨도 그걸 열심히 핸드폰으로 검색해서 말해주죠. 냉이는 그냥 냉이라고요. 뒤이어 한자 이름도 말하고, 겨잣과에 속한다고도 말하고, 겨자는 노란데 냉이는 노랗지도 않다는 말까지 덧붙이면서요. 참 정겹고도 재미있는 장면인데요. 한 꺼풀 들춰보면 이 장면이 사물과 이름의 무관함에 대해 은근하게 말하고 있음을 알 수 있습니다. 냉이는 그냥 냉이고, 그 이름만으로는 아무것도 알 수 없고, 그 무엇도 설명되지 않는다고요. 냉이 두 움큼이 2,960원인 것도, 시의 화자는 그게 비싼 건지 싼 건지 알 수가 없어요. 그걸 알려면 산에 가서 냉이를 뜯어보고, 직접 장에 내다 팔아봐야 알까 말까 할 거라는 말을 덧붙이면서요.

정말 그래요. 이름만으로는, 숫자나 글자만으로는 도무지 알 수 없는 것들이 세상에는 많습니다. 그런데도 우리는 사물의 이름과 그에 관련한 숫자를 안다는 것만으로 다 통달한 것처럼 생각하게 되지요. 시는 그 알 수 없음을 되짚어 보는 양식이라는 생각이 듭니다.

우리가 함께 시를 읽어보는 일이 세계의 알 수 없음과 이 세계를 채우고 있는 사물들의 알 수 없음을 돌아보는 데 조금이나마 도움이 되면 좋겠습니다. 물론 그걸 꼭 다 알아야만 할 필요는 없다는 것도 잊지 않으면서요.

지렁이 지키기

오은경

비가 내렸다 나는 파라솔 아래에서 비를 피하고 있었다
시원한 비바람이 좋았다 가을비였다 붉게 물든 낙엽
이 거리를 가득 수놓았다

낙엽들은 다 어디서 떨어진 걸까?
너의 목소리였다
언제부터 와 있었냐는 내 질문에는 답해 주지 않고
너는 빗속으로 향했다 한 발짝씩 멀어질 때마다 네가 줄
어들었다 아니, 사라져 갔다 네가 입은 치맛자락은
내가 잡고 있는데
비가 내렸다

낙엽 위로 진흙이 뒤섞이면서
지렁이 한 마리가 때 묻은 얼굴을 내밀었다
내게 멀지 않은 거리였다 네가 막 밟고 지나간 자리
였다 주변에는 물안개가 자욱했는데 지렁이는 낙엽 아래
에 몸이 대부분 가려져 있었다 내가 달팽이를 보고 지렁
이라고 착각한 건지도 몰랐다

너의 발뒤꿈치가 땅속에 파묻혔다

나도 모르게 고개가 돌아가는데
손에서 치맛자락이 미끄러졌다
네가 웃고 있었다 너는 입이 찢어지도록 웃었다 너의
웃음소리가 귓가를 떠나지 않았다

◆ 《한 사람의 불확실》, 민음사, 2020.

비가 내리면
지렁이가 나온다는데

잡학 상식을 짧은 시간에 알려주는 유튜브 채널들을 열심히 구독하고 있는데요. 지금까지 제가 궁금한 줄도 몰랐던 것들을 궁금하게 만들어주어서 재밌더라고요. 식당에서 스테인리스 밥그릇만 쓰는 이유라거나, 피를 흘리는 것처럼 보이는 돌이 있다거나 하는 것들은 말만 들어도 너무 궁금해지잖아요. 우리 삶을 이루는 여러 요소에 대해 우리는 거의 알지 못하니까요. 그런 채널들을 보고 있으면 아주 조금이나마 이 세계에 대해 더 알게 된 듯한 기분이 듭니다.

그중 비 오는 날이면 밖으로 나오는 지렁이에 대한 클립이 있습니다. 거기서 말하기로는, 지렁이는 피부 바로 아래 있는 모세혈관으로 호흡을 한다고 해요. 그래서 평소에는 흙과 흙 사이를 통하는 공기들을 마시며 호흡하지만, 비가 오면 흙 사이가 모두 물로 가득 차기 때문에 숨을 쉴 수 없다고 합니다. 그러니까 지렁이들은 비가 오면 살기 위해서 밖으로 나오는 거죠.

어린 시절 우산을 쓰고 걷다가 길가에 나온 지렁이를

보면 어쩐지 신기한 마음에 한참을 들여다보게 되었던 기억이 있는데요. 당연히 물을 좋아해서 밖으로 나오는 줄 알았습니다. 그래서 조금 자라고서는 지렁이가 참 바보 같다고 생각했거든요. 아무리 물이 좋아도 그렇지, 밖으로 나와서 다시 흙으로 제대로 돌아가지도 못하고 길에서 말라 죽거나 밟혀 죽으면 어떡하니, 이런 마음이었죠. 하지만 지렁이의 호흡에 대한 이야기를 알고 나서는 지렁이에게 미안한 마음이 들었습니다. 사물과 세계에 대한 멋대로의 이해에 조금 민망하기도 했고요.

우리는 주변에서 벌어지는 일들을 거의 이해하지 못합니다. 핸드폰이 어떻게 작동하는지 이해하지 못하면서 핸드폰을 사용하고, 화폐 경제와 자본주의가 어떤 식으로 운영되는지 모르면서 돈을 열심히 좋아하잖아요. 눈에 보인다는 것은 그저 눈에, 각막에 사물이 보인다는 것일 뿐이고, 무엇인가를 만진다는 것은 그저 표면을 만지는 일에 불과한 것이죠.

지렁이에 대해 이렇게 떠든 것은 오은경 시인의 〈지렁이 지키기〉라는 귀여운 제목의 시 덕분입니다. 제목은 귀엽지만 내용은 마냥 귀엽지만은 않고, 오히려 무섭고 소름이 돋는 시이기도 한데요. 지렁이가 호흡을 하네 마네 하는 이야기가 나오는 것은 아니고요, 그보다도 알 수 없는 것에 대해 이야기하고 있지요. 비가 내리고, 낙엽은 여기저기 떨어져 있는 거리에서, '너'는 '나'를 떠나 걸어가고 있습니다.

'나'는 멀어지는 '너'를 보고 있을 뿐이고요. 쌓여 있는 낙엽들 사이로 지렁이가 보이죠. '너'가 그 낙엽 더미 위를 밟고 지나가는 것도요. '너'는 무엇이 재미있는지 입이 찢어지도록 웃었습니다. 아무것도 아니라고 생각할 수도 있을 장면을 매우 기괴한 장면으로 바꾸어버리는 시입니다.

그런데 정말 이상하죠. 제목이 '지렁이 지키기'인데 지렁이는 밟혀버렸잖아요. 게다가 시의 내용을 되짚어봐도 지렁이를 딱히 지키고 싶은 마음이 나타나지 않았어요. 그렇다면 이 시는 대체 무엇을 지키고 싶었던 것일까요. 시라는 것은 결국 어떤 마음과 생각을 다른 사물과 이미지를 경유하여 나타내는 일입니다. 이 시에서는 '나'의 마음과 생각을 나타내는 이미지 혹은 사물로 지렁이를 꼽을 수 있을 거예요. '나'를 두고 떠나는 '너'가 밟은 것이 지렁이라면, 결국 밟힌 것은 '나'라는 이야기이기도 하죠. 여기까지는 비교적 익숙한 내용이지요? 하지만 이 시는 동시에 지렁이를 모르는 척하는 시이기도 합니다. 그러니까 이 시는 시적 대상과의 연결을 스스로 끊어버리고 싶어 하는(혹은 모르는 척하는) 태도를 드러냄으로써, 어떤 불안으로부터 '나'를 보호하고자 시도하는 거예요.

시는 이렇게 대상과 나를 연결 짓기도 하고, 그 관련을 끊기도 하지요. 제가 앞에서 지렁이에 대한 이해와 몰이해를 이야기를 한 것도 이런 맥락과 느슨하게 연결되어 있습니다. 우리는 표면만을 만질 뿐이라고 이야기했지만, 표면만 존재하는 우리에겐 표면이 가장 강력하고도 유일한 실질일 수도 있는 것 아닐까요.

표면을 덮으면 현상은 은폐되고 진실은 사라지죠. 하지만 그럼에도 또 생각해보지 않을 수 없습니다. 표면이 사라지면 정말 존재가 사라지는 것일까요? 저 지렁이는 내가 아니라고 믿으면, 정말 지렁이도 나도 사라질 수 있을까요? 이건 쉽게 답을 내리기 어려운 문제일 텐데요. 저는 여기서 어떤 결론을 내리는 대신, 잠시 이 생각 속에 머물고 있겠습니다.

슬픈 무기

박
시
하

그것은 몹시 슬픈 모양을 하고 있다.
당신은 그걸 무기로 이용하려고 하지 않는다.
물론 내가 쓸 수 있는 것도 아니다.

그건 내 가난한 이름에도 아무런 보탬이 되지 않는다.
그러나 분명히 어떤 종류의 무기이기는 하다.
머리에 꽂거나 발에 신는 물건은 아니라는 말이다.

누군가 그걸 목격한다면
아마도 눈물을 흘릴지 모른다.

어제 가게에 다녀간 남자는 안쓰러운 표정으로 말했다.
"저런 걸로 삶과 싸워야 하다니……
너무 슬픈 일입니다."

가끔은 지기 위해 싸우는 싸움도 있다.

그것에 가격을 매길 수는 없다.
하지만 그것은 진열대에서 빛난다.

팔 수 없는 상품,
싸울 수 없는 무기.

차마 말로는 할 수 없는 그 모습은
사람이 행복할 때 짓는 웃음과
그 웃음이 누군가의 뇌리에 각인되는 순간처럼
반짝 빛이 난다.

당신은 오늘도 오지 않겠지만.

슬픈 모양의 내 무기를 그곳에 두고
나는 가게를 지킨다.
손님들이 찾아오면 나는 그들의 무기를 하나씩
잘 포장해서 내준다.

모든 싸움은, 그렇게 이어지는 것이다.

◆ 《우리의 대화는 이런 것입니다》, 문학동네, 2016.

꼭 삶이
전장이어야 할 필요는 없지만

승부욕이 강한 사람들이 있죠. 저는 아닙니다. 이기고 지는 싸움에 관심 없는 편이에요. 구기 종목에 무척 서툰 것도 성격 탓이라 생각하고 있습니다. 못하는 스포츠가 그것뿐만은 아니지만요. 승부와 관련된 일이라면 일단 마음을 내려놓고 보는 것이 삶의 중요한 태도라고, 그렇게 여기고 있습니다. 하다못해 게임도 다른 사람과 직접 승패를 가리기보다 홀로 기록을 내는 걸 더 좋아하고, 아예 점수나 순위를 내지 않는 게임을 더 좋아하는 편이에요. 누군가와 경쟁을 해야 한다는 상황 자체가 저에게 큰 스트레스를 주는 모양입니다. 이겨서 얻는 기쁨은 짧지만, 패배했을 때의 마음은 더 오래가니까요. 저로서는 승패를 가리는 일이 수지가 안 맞는 일처럼 생각됩니다.

승부만이 아니라 누군가와 싸우는 일 자체를 거의 해보지 않았어요. 한 살 터울 동생과는 싸운 적이 한두 번 정도에 불과하고(동생은 다르게 생각할 수도 있지만), 형제 아닌 타인과는 다툰 일은 단 한 번도 없다 해도 될 거예요. 어쩌다

가벼운 말다툼 정도야 있기는 했지만, 대체로는 제가 먼저 울 것 같은 상황이 되어버리거나 아니면 앞으로 더는 상종을 안 하겠다 결심하며 대화를 중단해버리기 때문에, 제대로 된 말다툼을 해본 적이 없습니다.

그러나 삶이라는 것은 언제나 투쟁일 수밖에 없습니다. 밀려나지 않기 위해서, 겨우 이 자리에 서 있기 위해서, 투쟁해나갈 수밖에 없다는 것이 우리 삶의 슬픔이자 어려움일 것입니다. 박찬욱의 영화 〈친절한 금자씨〉에도 그런 말이 나옵니다. "사는 것도 투쟁이라고 하셨잖아요. 안 죽기 투쟁." 우리의 삶을 이어나가는 것만으로도 어떤 식으로든 싸움이 될 수밖에 없어요. 그것은 결국 다른 사람과의 싸움으로까지 이어질 수밖에 없기도 하지요.

시인으로 사는 일 역시 어떤 의미에서는 싸움일 거예요. 제가 계속 시인으로 살아갈 수 있는 것도 결국에는 기회를 더 얻기 위해 노력했다는 말이 될 테니까요. 제가 시인으로 사는 일에 그나마 열심인 것은 시인의 싸움이란 사회에서의 싸움과는 룰이 다르기 때문입니다. 다른 누구를 이기는 것보다는 저 자신을 싸워 이기는 것이 중요한 싸움이고, 동시에 여러 사람과 함께 호흡하는 일이 중요한 싸움이니까요. 그것이 시 쓰는 일의 위안이기도 합니다.

박시하 시인의 〈슬픈 무기〉는 시인의 시 가운데 제가 가장 좋아하는 시입니다. 그저 슬픈 모양이라고 설명될 뿐, 도통 무슨 무기인지 알 수 없는 어느 무기에 대한 시지요.

머리에 꽂거나 발에 신는, 그러니까 우리 삶에 도움이 되는 것은 아닌 물건이고, 결국에는 싸움에 사용되기 위해 존재하는 물건입니다. 그러나 그것은 싸움에 이기기 위한 물건은 아닌 것 같기도 해요. 누군가 본다면 눈물을 흘릴 정도의 물건이고, 저런 것으로 싸워야 한다는 사실이 누군가에게는 슬프게 여겨질 정도의, 물건이니까요.

시인은 그 슬프고 웃긴 물건이, 삶과 싸워나가기 위한 것이라고 말합니다. 결국 삶과 벌이는 우리의 투쟁이 슬프고 우스꽝스러운 것일 수밖에 없다고 말하는 것이겠지요. 항상 이겨나가는 싸움도 아닙니다. 질 수밖에 없는 싸움임을 알면서도 싸우지 않을 수 없을 때 함께하는 무기입니다. 저는 이 무기에 대한 설명이 우리의 삶에 대한 너무나 정확한 정서적 표현이라고 생각해요. 우리의 삶은 아주 처절하고 처연한데, 도통 이겼다는 감각은 느끼기 어렵고, 그저 패배에 패배를 누적하며 이어질 뿐이잖아요. 그런데도 우리는 계속 우리의 자리를 지키며, 이 슬픈 무기를 끌어안은 채, 다가올 싸움을 준비하지요.

슬프지만 진실이라고 할 수밖에 없겠어요. 저도 저의 이 고된 싸움이 때로는 아주 우스꽝스러울 때가 있거든요. 저만의 이야기도 아닐 겁니다. 그러나 내일은 내일의 태양이 뜨고, 또 내일의 웃기고 슬픈 일이 이어지겠지요. 이 싸움은 대체로 혼자 하는 것이고, 그래서 더 고독하고 우스운 것일 수밖에 없지만, 때로는 다른 사람과 함께하는 날도 있

을 겁니다. 그리고 그 덕분에 우리는 이 슬픈 싸움을 견뎌낼
수 있습니다.

산유화

김
소
월

산에는 꽃 피네
꽃이 피네
갈 봄 여름없이
꽃이 피네

산에
산에
피는 꽃은
저만치 혼자서 피어 있네

산에서 우는 작은 새요
꽃이 좋아
산에서
사노라네

산에는 꽃 지네
꽃이 지네
갈 봄 여름없이
꽃이 지네

◆ 《영대》 3호, 1924.

네가 있으니
내가 있는 것

〈산유화〉는 김소월의 뛰어난 작품 가운데 하나로 손꼽는 시이고, 저 또한 아주 좋아하는 시입니다. 아마 많은 분이 교과서에서 접하신 적이 있지 않을까 한데요.

이 시는 꽃 피는 산의 이미지로 시작합니다. 산에 꽃이 핀다니 그런가 보다 하는데 왜 봄, 여름, 가을이라고 하지 않고 가을, 봄, 여름이라고 하는 걸까요? 시인은 1연을 통해 자연의 거대한 원리 같은 것을 말하고 싶었던 것이 아닐까 합니다. 봄, 여름, 가을이라고 하면 한 해가 끝나고 닫히는 느낌이 들지만, 가을, 봄, 여름이라고 하면 한 해가 다음 해로까지 이어지잖아요. 말하자면 이렇게 매년 계절마다 꽃이 산에 핀다고, 만물은 이렇게 순환하고 반복하며 태어난다고 이야기하는 거죠.

2연에서는 한 송이의 꽃이 등장합니다. 1연에서의 꽃이 생명을 은유하는 거대한 관념으로서 꽃이라면, 2연의 꽃은 그와는 다른, 조금 더 구체적인 한 송이 꽃입니다. 그리고 그것이 한 송이의 꽃으로 따로 존재할 수 있도록 "저만치 혼자서 피어 있네"라고 덧붙이죠. 이 시의 뛰어난 점이 바로 여기 있습니다. 그저 혼자 피어 있다고 하면 단순한 묘사에 그칠 테지만, '저만치'라는 말을 붙이면, 저곳과 함께 이곳이 동시에 생겨나잖아요. 저기 멀리 꽃이 있기에, 그 꽃을 보고 욕망하는 내가 생겨나는 것이고, 그렇게 타자가 있어야만 '나'라는 것이 생겨날 수 있다고 시는 말합니다.

조금 관념적인 말일까요? 하지만 원래 '나'라는 것은 나 혼자서는 결코 성립할 수가 없습니다. 너, 그러니까 나 아닌 타인이 없다면 결코 존재할 수 없는 것이 인간이기 때문입니다. 우리는 각자가 다른 개성을 가지고 있다고 하잖아요. 개성은 저 혼자서는 아무런 의미가 없습니다. 나와 다른 존재가 옆에 있어야만 빛을 발하는 것이 개성입니다. 키가 큰 것이 개성이 되기 위해서는 그보다 키가 작은 누군가가 있어야만 할 테고요. 말을 빠르게 하는 것이 개성이 되기 위해서는 그와 비교될 만한 다른 사람이 있어야만 한다는 거죠.

이런 상상을 해볼 수도 있을 거예요. 아무것도 없는 텅 빈 우주 공간에 홀로 둥둥 떠 있다면, 저는 아무것도 아닐 겁니다. 저를 저로 만들어줄 수 있는 다른 비교 대상이 존재하지 않으니까요. 너와 내가 다르다는 사실을, 너와 내가 이렇게 떨어져 있다는 사실을 단적으로 보여주는 표현이 바로 저 '저만치'라는 말인 거죠.

3연에서는 꽃이 좋아 산에 사는 새 한 마리가 등장하는데요. 너를 원하는 마음으로 인해 나에게는 삶이 생겨나고, 내가 사는 터전이 생겨나고, 그런 것들이 모인 사회가 생겨난다고 이해할 수 있지 않을까 해요.

마지막 4연은 1연을 변주해서 반복하고 있는데요. 꽃이 가을, 봄, 여름 없이 진다고 말하고 있는데, 이건 결국 모든 생명이 순환하며 태어나듯, 그 생명들은 또한 죽음을 반복한다는 뜻인 거죠. 삶으로 열고 죽음으로 문을 닫는, 거대한 원리를 보여주고 있는 것입니다.

이 시는 만물의 생성과 소멸이라는 거대한 원리 아래에서, 너와 나라는 것이 어떻게 발생하는지 살펴보는, 굉장히 거대한 이야기를 다루는 시입니다. 만물의 생성도 소멸도, 모두 너와 내가 만나야만 이루어지는 일이니까요. 이건 '너'가 있어서, 나와 다른 '너'가 있어서 내가 생겨나는 것이라고, 나뿐만 아니라 세상 만물이 다 이렇게 다른 '너'를 만나서 살아 움직이다 죽어간다고 말하는 것이기도 할 겁니다.

아주 거창한 이야기처럼 들리지만, 우리의 삶에서 언제나 경험하는 일이기도 합니다. 우리는 나와 다른 네가 있어서 내가 어떤 사람인지 알 수 있잖아요. 우리가 누군가를 사랑하는 이유 또한 결국에는 모두 한 가지 이유일 따름입니다. 그가 내가 아니라는 사실, 그것이 우리가 그를 사랑하는 근본적인 까닭인 셈이죠.

나는 너 없으면 아무것도 아니야. 이런 말을 드라마나 영화에서 종종 보고 듣기도 하는데요. 굉장히 특별한 고백으로 하는 말이지만, 우리 모두에게 해당하는 말이기도 한 것입니다. 우리는 모두 너 없으면 아무것도 아닌 사람들이라고 할 수 있을 거예요. 반대로 그렇기에 모두가 소중한 사람이라고도 할 수 있을 테고요. 우리가 서로 다르다는 사실은 그만큼 우리를 개성적으로, 나다운 것으로 만드는 큰 힘이 되니까요. 네가 어떤 특별한 사람이라서가 아니라, 네가 아주 멋지거나 훌륭해서가 아니라, 그저 네가 나와 다르기 때문에, 그 다르다는 사실 하나만으로도 충분히 중요하고 존중받을 만한 사람이라는 뜻으로도 이해할 수 있지 않을까 합니다. 참 뻔하고 당연한 이야기죠? 하지만 당연한 이야기만큼 어려운 것이 없으니까요. 좋은 시는 언제나 이렇게 당연한 이야기를 아주 새삼스럽게 다시 깨닫게 해주기도 합니다.

비숑쿨러스

배
수
연

라넌쿨러스들이 짖고 있다
소리 없이 왕왕

애인은 태어날 때 엄마 개 똥구멍에서
연기와 함께 팡! 소리가 났을 법한
개를 좋아했다
비숑? 아니 비숑 프리제다

맙소사
쿨이라니, 숑이라니
외래어에서 이런 글자들을 보고 만다면
낮잠이고 뭐고 그날은 끝장이 난 거다

쿨하면
윙크를 하며 휘어져야 하고
숑하면
발바닥에 쿠션이 생겨야만 한다

비숑쿨러스, 비숑쿨러스

나는 이상한 동작으로 꽃을 주문하고
아줌마는 으레 있는 일인 듯
푸드득 샴푸를 터는 비숑퀼러스를
두어 단 안아 목에 방울을 달고 있다

애인이 사뿐히 받아 올린
비숑
거리로 나와 코너를 돌자
엉덩이를 흔들며 반짝이는
퀼러스

애인아
우리에게 슬픔이 있다면
짖지도 못해 모가지를 꺾고 죽는 일은 없을 거야
우리에게 기쁨이 있다면
태양 아래 줄지은 혀를 앞발처럼 내밀 거야

사뿐히 받아 올린

비송
엉덩이를 흔드는
큘러스

◆ 《조이와의 키스》, 민음사, 2018.

마음과
다른 말들

　말이 헛나가서 당황한 경험 있으신가요? 저는 어릴 때 학교 선생님에게 저도 모르게 엄마, 라고 말해서 깜짝 놀란 적이 있어요. 그때는 선생님도 저도 당황했는데요. 다행히 선생님이 어른스럽게 모른 척해주셔서 잘 넘어갔죠. 그래도 어찌나 놀랐는지 20년은 더 된 일인데도, 선생님 표정만은 지금도 분명하게 기억납니다. 그 시절 친구들의 얼굴은 기억하지 못하면서 말이에요.

　프로이트는 말실수가 우리의 무의식에 관련되어 있다고 했는데요. 글쎄요, 정말 제가 선생님을 엄마라고 부른 것이 저의 무의식에 의한 것인지는 알 수 없죠. 무의식 속에서 벌어지는 일이잖아요. 하지만 말실수에는 어떤 까닭이나 맥락이 있긴 할 거예요. 제가 선생님께 뭔가를 물어보려 했을 때, 그게 허락을 필요로 하는 일이었기에 저도 모르게 엄마라고 말했을 수도 있고요. 조금 다른 이야기지만, 저희 어머니는 어린이집에서 일하시는데 어린이집의 아이들이 할……까지 하다 선생님으로 다시 바꿔 말하는 때도 더러 있다고 하시더라고요. 거기에도 맥락은 있었겠지요.

정말 우스운 말실수도 있지요. 맥락을 완전히 벗어나서, 전혀 다른 상황에 도달해버리는 그런 말실수들이요. 이 경우에는 제가 한 것보다는 제가 들은 것이 훨씬 많아서 여기서 이야기할 수는 없지만, 그런 말실수들 역시 참 오래도록 기억에 남습니다.

맥락과 무관하게, 혹은 맥락에서 벗어나 있어서 어떤 말들은 내 눈과 마음에 깊게 박히기도 하죠. 배수연 시인의 〈비숑퀼러스〉는 마음에 깊게 박힌 말에 대한 이야기입니다. 숑이라거나 퀼이라거나, 우리의 일상적인 말 꾸러미에서는 찾아보기 어려운 음절을 접하게 되면, 어쩐지 마음이 자꾸 가게 되고, 신경 쓰이게 되는 거요. 저는 강퍅하다거나 긍휼하다거나 하는 말들을 보면 배수연 시인의 시에서 그러는 것처럼 한참 눈이 갑니다.

시인은 낯선 소리에 마음이 끌려 말들을 맥락 밖으로 끄집어 냅니다. 비숑프리제와 라넌큘러스가 머릿속에서 뭉쳐 비숑퀼러스가 되어버리는 거죠. 그러면 그 이상한 낱말은 동물이자 식물인 것이 되어서 참 발랄하고 재미있는 세계로 넘어가버립니다. 마음과는 상관없이, 맥락과도 무관하게, 때로 말은 이렇게 스스로 살아 움직이며 다른 것이 되어버리기도 합니다. 시인의 시처럼 퀼은 윙크를 연상시키는 소리가, 숑은 발바닥에 쿠션이 생기는 소리가 되는 거죠.

맥락을 벗어나 자유로워지는 말과 만나는 일은 시를 읽

는 즐거움 가운데 하나이기도 합니다. 시라는 것은 맥락을 넘어서는 새로운 맥락을 만나는 일이고, 또한 시 읽기를 통해 적극적으로 새로운 맥락을 만들어내는 일이기도 하니까요. 그런 점에서 〈비숑큘러스〉는 아주 적극적으로 새로운 맥락을 만드는 시입니다.

이런 사소한 즐거움 역시 시적인 발견이라고 할 수 있을 겁니다. 더 나아가 사물에 대한 상상력을 펼쳐 보이는 점 역시 시의 매력일 테고요. 때로는 의미가 깊은 시보다 이렇게 의미를 완전히 벗어나는 시가 훨씬 매력적으로 다가올 때가 있어요. 말과 맥락은 아주 긴밀해서, 오히려 거기서 벗어날 때 우리는 어떤 해방감을 느끼기도 하거든요.

말은 때로 맥락을 벗어나서, 우리의 마음과는 다르게 나오고는 합니다. 고맙다는 말을 해야 하는 순간에도 이런 걸 뭐하러 했느냐는 말이 나오고, 원래 하려던 말을 꺼내지 못하고 애먼 날씨 얘기나 하게 되는 거예요. 어째서일까요. 왜 말은 우리의 마음과는 다르게 멋대로 튀어나오기도 하고, 또 마음속에 박히기도 하는 것일까요.

우리 안의 여리고 약한 부분이 말을 굴절시켜 우리의 마음을 숨기는 것일까요. 하지만 어쩔 수 없는 일이라는 생각이 들기도 해요. 말은 곧 마음이니까요. 말로 드러날 때 비로소 마음은 실체를 얻는 거니까요.

그렇게 생각해보면, 이렇게 시를 읽고, 그 생각을 말로 전하면서 맥락을 만들어가는 일이 더욱 소중하고 의미 있습니다. 어느 쪽이든 다 소중히 여기면서 살아갈 수 있다면 좋을 거예요. 맥락을 따라가는 일, 맥락을 벗어나는 일, 모두를 말이지요.

꿈

가끔 네 꿈을 꾼다.
전에는 꿈이라도 꿈인 줄 모르겠더니
이제는 너를 보면
아, 꿈이로구나,
알아챈다.

♦ 《나의 침울한, 소중한 이여》, 문학과지성사, 1998.

꿈속에서라도
말할 수 있다면

간혹 꿈과 현실을 구분하지 못할 때가 있어요. 제가 꾸는 꿈이 현실의 일과 너무나 닮아 있기 때문인데요. 이를테면 이런 식이에요. 낮에 친구와 만나 놀고 나서, 꿈속에서 친구의 미니홈피 방명록에(이제 무척 옛날 일이네요) 재밌었지, 또 보자, 그런 글을 남기는 거죠. 그러고 다음 날 친구 미니홈피에 가서는 제가 남긴 방명록이 없는 것을 보고 친구가 왜 제 글을 지웠는지, 제가 친구에게 무슨 잘못을 했는지 한참 고민하는 겁니다.

이처럼 밤의 꿈에서 한 일을 낮의 실제에서 한 일이라고 착각하는 일이 상당히 많았습니다. 해야 할 일을 꿈에서 해두고는 낮 동안 하지 않아 낭패를 보는 일마저 있었지요. 가령 수업 관련 문자 메시지를 친구에게 보내야 했는데, 그걸 꿈에서 보내고 안심한 적도 있고, 친구에게 꿈에서 한 말을 현실에서 한 말이라고 잠시 착각한 적도 있어요

보통은 꿈을 기억하지 못할 정도로 푹 자는 편인데, 가끔 꿈을 기억하게 되면 이런 일이 많아 곤란해지는 거예요.

이게 스트레스가 심한 사람들의 증상 가운데 하나라고 하더군요. 그래도 요새는 꿈을 거의 기억하지 못할 정도로 잘 자는 데다, 가끔 기억하는 꿈들도 무슨 만화나 영화 같은 일들이 많아서 현실과 구분이 잘 되는 편이라 다행입니다.

이런 일도 있었어요. 오래도록 짝사랑하다 만나게 된 친구가 있었는데, 그 관계를 길게 유지하진 못했어요. 별다른 이유가 있었던 것도 아닌지라 저로서는 상심이 아주 컸습니다. 무슨 이유가 있었다고 한들, 그때는 너무 어렸으니 그 이유가 무엇인지 알아차리지도 못했겠죠.

그런데 어느 날 눈을 뜨니 그 친구가 제 방에 찾아온 거예요. 창밖의 빛이 강하게 떨어지는 한낮이었고, 빛 속에서 그 친구는 제게 미안하다고 했습니다. 그러자 오래도록 마음에 굳게 맺혀 있던 응어리가 모두 풀려버렸어요. 잠시 후 친구는 방에 없었고, 여전히 창으로는 강렬한 한낮의 빛이 들어오고 있었습니다. 저는 이게 무슨 일인지 알아차리기까지 한참 걸렸어요. 꿈을 꾼 것인지, 아니면 정말 그 친구가 저에게 미안하다고 말하고는 떠나간 것인지 분간하기 어려웠습니다. 그 친구가 저에게 말할 때의 빛과 그 친구가 떠나고 나서의 빛이 완전히 같았으니까요.

천천히 정신이 돌아오고 나서야 그게 꿈이었다는 것을 깨달았어요. 논리적으로 그리고 물리적으로 그 친구가 갑자기 제 방에 들어오는 것이 말도 안 되는 일이라는 것을 납득하는 데까지 한참 걸렸거든요. 허망한 마음이었어요. 미안하다는 말은 꿈속에서 들은 것인데, 그 말을 듣고 풀려버린 마음은 꿈을 깨고서도 그대로였거든요. 사실은 아무 일도 일어나지 않았는데, 이렇게 마음이 변해버리는 일은 살면서 처음 겪는 일이었습니다. 그 후로도 그런 일은 일어나지 않았고요.

시간이 조금 더 지나고서는 이런 생각이 들었습니다. 그때 내가 얼마나 괴로웠으면, 내 무의식이 나를 지키려고 이런 일을 벌였을까. 미안하다는 말을 듣고 싶었던 것은 아니었어요. 그저 전처럼 다시 만날 수 있기를 바랄 뿐이었죠. 하지만 아마 꿈속에서 그 친구가 예전과 똑같은 모습의 연인으로 나왔다면, 오히려 꿈에서 깨고서는 마음이 더 아팠을 거예요. 그러니 생각한 적도 없던 미안하다는 말을 해준 것이겠지요. 저로서는 생각지도 못했던 방식으로, 저를 지키는 방법을 알고 있었던 무의식이 참 대단하다고 생각했습니다.

황인숙 시인의 〈꿈〉은 이와 비슷한 이야기를 하는 시입니다. 워낙 내용이 분명하니 따로 설명할 것도 없겠지요. 시 속의 화자는 가끔 너의 꿈을 꿉니다. 떠나간 사람이겠지요. 떠난 사람을 잊지 못하고 오래도록 그리워하고 있는 거예요. 그런데 언젠가부터는 꿈속에서 너를 보면, 너를 볼 수 있을 리가 없다는 생각에, 이게 꿈인 줄을 알아채고야 마는 겁니다. 보고 싶은 사람이 결코 볼 수 없을 사람이 되기까지 얼마나 많은 시간과 마음 앓이가 필요했을까요. 짧은 시인데도 그 시간과 마음을 생각하면 아득해집니다.

누군가를 보거나 만나는 게 있을 수 없는 일이란 걸 받아들이려면 얼마나 많은 시간과 아픔이 필요할까요. 얼마나 많이 혼자 그리워하고 혼자 생각에 빠졌다가 혼자 낙담하는 시간이 필요했을까요. 그게 무슨 마음이고, 어떤 시간인지 너무나 잘 알아서, 그 시간이 떠올라 마음이 아픈 시입니다.

꿈속의 너를 보며 이게 꿈이라는 것을 알아차리게 된다는 것 역시 자신을 지키려고 하는 일이기도 할 거예요. 섣부른 기대는 영혼 깊은 곳까지 큰 상처를 남기고는 하니까요. 그런 의미에서는 저의 꿈과 황인숙 시인이 그리는 꿈이 겹친다고도 할 수 있겠네요. 생물이라는 것은 참 신기하죠. 사람이든 동물이든 타자에 의해 이렇게까지 마음이 아프고, 또 존재 전체가 흔들릴 수도 있다니요. 그리고 그 존재를 지키기 위해 마음이 생각을 넘어서는 일을 하기도 한다는 것도요.

좋은 것 커다란 것
잊고 있던 어떤 것

유희경

이렇게 추울 때 고양이는
고양이를 키우고 있는 골목은
그 골목의 어둠은 좋은 것
좋고 위험한 것 위험하고
아슬한 것 헤드라이트를 켜고
지나간 자동차의 뒷모습처럼
커다란 것 그 속에 숨어 있는
어떤 것 이렇게 추울 때는
옆을 더듬게 되는 것 그리고
아무것도 없으므로 당신은
아무것도 아니라고 말하는 것
좋은 것 어쩔 수 없이 그런 것
고양이가 운다 추워서 그런가 봐
말해보는 것 고양이만을 위한
따뜻한 물그릇을 놓는 것 물그릇 속
물이 얼어붙는 것 따뜻했던 얼음이
발에 채였을 때 주르륵 미끄러져
길 한복판에 놓이는 이상한 것
이상하고 깨질 것만 같은 것

깨질 것만 같은 소리에 놀란
아무것도 아닌 당신을 달래려고
다시 옆을 더듬게 되는 것
아무것도 아닌 것을 더듬었다고
씁쓸하게 웃어보는 그런 것 그것은
커다란 것 헤드라이트를 켜고
지나가는 자동차와는 비교도 되지 않게
춥고 커다란 것 내가 오랫동안
잊고 있었던 것 잊고 말하지 못한 것
실은 고양이가 아니어도 좋은 것
골목이 자동차의 뒷모습이
물그릇과 당신이 아니어도 좋은 것
그것은 역시 좋은 것 좋아서
커다란 것 다시 잊고 말 어떤 것

♦ 《우리에게 잠시 신이었던》, 문학과지성사, 2018.

뭐가 좋고 뭐가 나쁜지
알 수 없지만

무엇인가를 보면 일단 트집을 잡고 보는 안 좋은 습관이 있습니다. 영화를 보다 뭔가 마음에 들지 않으면 그때부터 열심히 흠을 찾기 시작하고요. 책을 읽거나 어딘가에 갔을 때에도 마찬가지예요. 부족한 부분, 잘못된 부분이 없는지를 열심히 찾아보는 겁니다. 이 영화는 관객 눈치를 너무 보느라 이야기를 하다 말았어, 이 책은 기본기가 너무 부족하네, 여기 음식은 나쁘진 않아도 이 가격에는 먹기 아까워, 라는 식으로 말이에요.

어릴 적에는 또 무엇인가를 보고 한참 투덜대던 저를 가만히 보던 동생이, '형은 뭐 그렇게 싫은 게 많아?' 말한 적이 있어요. 아무리 자기와 상관없는 것이라 하더라도 싫다는 말을 자꾸 들으면 귀에 거슬리고 짜증도 났을 거예요. 그러게요. 왜 그렇게 싫은 게 많았을까요? 또 뭐가 그렇게 잘났다고, 열심히 다른 것의 흠을 보려 했던 걸까요?

'좋다'는 말을 참 많이 하는 사람들이 있지요. 무엇인가를 보거나 들을 때, 좋다는 말을 거리낌 없이 하는 사람들이요. 그런 사람과 있으면 기분이 좋아집니다. 같이 음식을 먹을 때에도 참 좋다, 참 맛있다, 그런 말을 들으면 음식 맛도 더 좋고요. 어딘가에 놀러 갔을 때도, 이곳 참 좋다, 멋지다, 그런 말을 들으면 그 공간이 더 좋아지는 거예요. 좋다는 말은 참 좋은 말인 것 같습니다.

저는 그 '좋다'는 판단을 내리는 것에 겁을 내는 모양이에요. 좋은 게 뭘까? 정말 좋은 것이 뭐지? 그런 생각을 하다 보면 좋은 게 뭔지 점점 알 수 없게 되는 거죠. 반면에 나쁘거나 싫은 것을 찾는 일은 정말 쉽죠. 어딘가 부족한 부분, 균형이 맞지 않거나 빠진 부분을 집어내면 그만이잖아요. 이건 자기혐오와도 연관되지 않을까 해요. 저 자신을 좋다고 생각하질 못하니까, 다른 것들에서도 좋은 것을 찾아내지 못하는 거겠죠. 다른 것의 흠결을 발견함으로써 저 자신의 흠결을 감추고 싶은 마음일지도 몰라요. 정말 작고 보잘것없는 마음을 가진 셈이죠.

그러니 좋다는 말을 쉽게 할 수 있는 사람들이 부러울 때가 있어요. 일단 저보다 더 좋은 삶을 사는 사람들이라는 것은 분명하니까요. 자신을 긍정하고 마주하는 다른 것들에서 좋은 점을 발견하는 사람이 그렇지 못한 사람보다 더 행복한 건 당연한 일일 거예요. 보세요. 저는 또 이렇게 저 자신의 부족한 점을 굳이 찾아서 남과 비교하고 있잖아요. 정말 벗어날 수 없는 자기혐오의 수렁이고 굴레입니다.

하지만 가벼운 자기혐오는 글쓰기의 동력이 되기도 합

니다. 내가 쓴 글에 만족하지 못하고 부족한 부분을 찾는 힘이 되는 거죠. 자신이 만들어낸 것에 대해 객관적으로 평가하기란 쉬운 일이 아니니까요. 최소한 자기 작품을 대할 때는 마냥 낙관적인 것보다는 심각한 비관이 더 유용할 거예요. 더 나아질 여지가 생기잖아요. 이게 제가 가까스로 찾아낸 저 자신의 좋은 점이기도 합니다. 시 쓰기가 아니었다면 제가 저를 얼마나 더 미워했을지, 상상이 되지 않아요. 시를 써서 다행이다, 요새는 그런 생각을 하고 지냅니다.

좋은 것을 발견해내는 것은 귀중한 재능입니다. 무엇인가가 좋다는 것을 알아차리는 것도 능력이지요. 때로 시는 우리가 무심코 지나치던 영역에서 좋은 것을 발견하는 일이기도 합니다. 어떤 문학 평론가는 이런 말을 하기도 했어요. 사물의 역량을 최대한 발휘하는 것이 시의 역할이라고요. 그게 어쩌면 좋은 점을 찾아내는 능력 아닐까요?

유희경 시인의 시 〈좋은 것 커다란 것 잊고 있던 어떤 것〉은 바로 그 좋음을 발견하는 시입니다. 추운 겨울밤, 고양이를 품어주는 골목과 그 어둠은 좋은 것이라고, 시인은 말합니다. 하지만 덧붙이지요. 좋고 위험한 것이라고요. 그 골목의 어둠이 고양이를 지켜줄 테지만, 그 골목의 어둠은 고양이에게 위험한 환경이기도 하죠. 시인은 그 어둠 속 고양이의 이미지와 추운 겨울밤, 홀로 집에 누워 있는 사람의 이미지를 겹쳐 놓습니다. 무심코 옆자리를 손으로 짚어보지만 거기에 당신은 없습니다. 그 고독이 고양이의 외로움과 겹치는 거예요.

　그 고독은 분명 제목에서 말하는 커다란 것이겠지요. 그리고 잊고 있던 어떤 것이기도 할 것입니다. 그러니까 평소에는 애써 잊고 지내던 커다란 고독이 어느 날 무심코 다시 떠오르는 거예요. 누구나 그런 일이 있겠지요. 그런데 이 시는 거기서 떠오른 고독에 짓눌려버리는 대신, 고독 옆으로 부드럽게 빗겨 갑니다.

　옆자리에 아무도 없다는 것을 확인하는 쓸쓸함이 추운 밤의 어둠 속 고양이 생각으로 나아가고, 고양이를 감싸는 어둠이 좋은 것이라고, 위험하지만 좋기도 한 것이라 생각하는 거죠. 그렇게 생각해 나간다면 그 커다란 고독도 마냥 무겁고 고통스러운 것만은 아닐 수도 있을 것입니다. 쓸쓸함 속에 부드러움과 따뜻함이 숨겨져 있는 것이지요. 물론 그 따뜻함이 다시 어둠에 잠겨 검게 얼어버리기도 한다는 점을 말하고 있지만요.

　이 시가 품고 있는 빛과 어둠의 양면이 모두 마음에 들어요. 세상의 무엇이든 좋은 점 또는 나쁜 점만 있는 것은 아니잖아요. 마음, 사물, 사건의 좋은 것과 나쁜 것을 함께 생각하는 일은 어느 한쪽만 보는 일보다 훨씬 시적인 일일 거예요. 우리 삶에 더욱 도움이 되는 일이기도 할 테고요. 그러니 다시 이렇게 말할 수도 있겠습니다. 시를 읽을 수 있어서 다행이라고요.

유전 법칙

채
길
우

아버지는 내게 빌려간 사만 삼천 원을
오만 원으로 갚아준다
그래서 나는 아버지에게 만 원을 되돌려주고
아버지는 내게 오천 원을 다시 주고
나는 아버지에게 삼천 원을 내준다

우리는 조금씩 더 관대하게
너무 산술적이지 않도록
쌍방에게 모른 척을 해준다
에누리 없이 다가가
손 없이 건네는 잔돈들로
언젠가는 이 놀이가 지겨워지겠지
더 작은 것으로 나뉘지 않는
당연하고 지루한 사칙연산으로
지난날의 총합들이 우리를 계산해준다면
평균이 영일 때
우리는 겹쳐 있을까
아예 몰랐던 사이보다 멀어져 있을까

아버지는 영이 될 수 없는 분모
나는 그 위에 올라선다
아버지가 커지면 전체가 작아지고
내가 커지면 흔들거리는 생활 속에서
최대 최소의 공약수와 공배수를 따져가며
나이를 먹는 동안
우리는 닮고 닮은 각자의 수식들을
피부로 만든 연습장에 기록하고 쪽수를 넘겨왔다

서로가 약분되어
더 작은 것을 가지지 못할 때
내게 아이가 생기겠지
아버지와 아이 사이가 한없는 점들로 이어지는
하나의 선분을 긋고
나는 아버지에게서 내려온다
그리고 영 될 수 없는 부모가 된다

아버지는 이제 허리가 휘고
흔적뿐인 분자가 비어

값은 거의 영에 가깝다
아버지에게 아이를 업히면
연약한 체중에도 휘청한다
아이는 계속 자랄 것이고
무용해진 지폐를 찢듯
얇고 가벼운 몸의 몫을 거스르며
삶도 나머지를 살아가게 된다

열 명의 인물이 모여
다른 한 위인의 동일한 가치가 되는
그런 수학은 잘해본 적 없지만
아이 열을 합해선 왜 한 아버지가 될 수 없는지
유일한 아이로 자라나더라도
어째서 아버지 열 명은 가질 수 없는지

내가 정말 태어나려 하고 있었다

◆ 《매듭법》, 문학동네, 2020.

가족이라는
빚

여러분은 가족과 어떻게 지내시나요. 잘 지내는 분들도 있을 테고, 서로를 위해 일부러 거리를 두는 분들도 있으리라 생각합니다. 화목하고 평화로운 가정의 모습을 당연한 것으로 여기지만, 사실 그렇게 쉬운 일은 아닙니다. 가족이란 너무 가까워서 탈인 사람들이니까요.

가깝고 편하다 보니 오히려 일상의 배려가 어렵고, 얼굴을 자주 보는 탓에 서로의 흉한 모습을 너무 잘 알고 있는 사이가 가족이지요. 원래 좋은 관계란 적당히 거리를 유지할 수 있을 때 형성되는 것인데, 가족은 너무 가깝고 교류가 잦은 탓에 사랑이든 미움이든 고마움이든 원망이든 어떤 감정이 깊고 진하게 생길 수밖에 없기도 합니다. 그래서 목숨을 내놓아도 아깝지 않을 정도로 소중한 것이 가족이기도 하죠. 하지만 어느 철학자가 말했죠, 타자는 지옥이라고요. 한술 더 떠 생지옥이 되기도 하는 것이 가족입니다.

저도 한때는 가족이 참 힘들었어요. 저 자신을 견디지 못하는 시기였으니, 저와 가장 가까운 존재인 가족을 견디기 힘든 것도 당연한 일이었습니다. 그래서 대학 시절에는 일부러 집을 나와서 살았어요. 심리적으로, 물리적으로 가족과 거리를 두었던 거예요. 그렇게 시간을 두고 가족과 멀어지고 나니 서서히 가족이 애틋해졌습니다. 스스로를 가족으로부터 독립된 사람이라고 생각할 수 있게 되면서부터인 것 같아요. 나름의 거리를 확보하게 되고부터는 오히려 부모님이 안쓰럽게 여겨지기도 했어요. 용돈을 조금 더 드리고 싶어지고, 뭐라도 더 챙겨드리고 싶어지게 되더라고요.

가족을 챙겨야겠다는 생각을 하게 되고 나서야 가족들에게 받은 것들을 떠올리게 되었습니다. 어릴 적에는 당연하게 받아온 보살핌과 챙김을 어른이 되어서까지 그대로 받을 수는 없잖아요. 그렇게 어른이 되고, 가족과 독립된 존재로 살아가게 되면서, 가족에게 받는 것들이 더 신경 쓰이게 된 거예요. 그래도 인간으로서 받은 만큼은 갚아야지, 그런 생각을 하게 된 거죠.

그런데 이 갚는 일이 또 쉽지가 않아요. 단순한 채무 관계라면, 받은 만큼 그대로 돌려주면 되는 관계라면 어려울 게 없겠지만 가족 간의 주고받음은 그렇게 딱 떨어지는 것이 아니니까요.

채길우 시인의 시 〈유전 법칙〉은 이런 관계를 아주 절묘하게 포착해낸 시입니다. 시는 이렇게 시작하죠. 아버지는 내게 빌려간 사만 삼천 원을 오만 원으로 갚는다고요. 그러면 나는 다시 아버지에게 만 원을 되돌려주고, 아버지는 다시 나에게 오천 원을, 그리고 나는 삼천 원을 주게 됩니다. 이 번거로운 셈 맞춤은 우리가 가족들과 살아가는 모습을 그대로 보여주는 것이라고 할 수 있겠습니다.

서로가 서로에게 조금씩 더 관대하게 대하려 하고, 또 그것이 너무 산술적인 계산으로 이어지지 않도록, 조금씩 정을 담은 에누리가 생겨나는 것이죠. 그런 에누리들이 쌓이고 쌓이면서 가족은 좀처럼 끊어낼 수 없는 끈끈한 것이 되어가겠죠.

수학에서 분자가 분모 위에 놓이는 것처럼 이 시의 화자는 부모의 위에 업혀 있는데요. 그러다 어느 순간 자식이 부모보다 더 커지는 날이 오게 되고, 그러면 자식은 위에서 내려와 부모를 업게 됩니다. 이전까지 사용해오던 수식도 더는 사용할 수 없게 되겠지요. 좀처럼 셈할 수 없는 가족이라는 것을 이렇게 숫자와 산술로 그려내는 시인의 발상이 참 영리하면서 절묘합니다.

시인은 시의 마지막에 덧붙이는데요. "내가 정말로 태어나려 하고 있다"고요. 이 마지막 문장은 이러한 주고받음 속에서 '나'라는 것이 점점 가족과 분리된 존재가 되고 있음의 표현일 거예요. 그렇게 가족과 무엇인가를 끊임없이 주고받다가, 결국 가족으로부터 분리되는 것이 이 시인의 '유전 법칙'이겠지요.

영화든 드라마든 어디에서든 부모님의 이야기가 나오면 왈칵 눈물이 터지려 하는 편입니다. 아마 많은 사람이 그렇겠지요. 우리가 가족을, 그리고 부모님을 떠올리면 울고 싶어지는 이유는 우리가 결코 해결할 수 없는 어떤 채무 관계를 맺고 있기 때문일 거예요. 해소될 수 없고, 해결할 방법이 전혀 없는 그 지독하게 애틋한 빚이 바로 우리의 가족이기 때문이죠.

아마 우리는 죽는 날까지 그렇게, 해결할 수 없는 빚을 끌어안은 채로 가족과 살아갈 것입니다. 그건 가족과 친밀하든 그렇지 않든 마찬가지일 테고요. 정말 가족이란 풀어낼 도리가 없는 문제입니다.

고구마

봄에는 심장약 복용을 시작해야 할지도 모른다고
수의사는 말했다

열 살 넘은 개가
내 이불을 덮고 자고 있다

들숨 날숨에 맞춰
움직이는 배를 보다가
머리를 쓰다듬으면

어김없이 눈을 뜨고
나를 확인하는 개

고구마와 고마워는
두 글자나 같네

말을 걸며
빈틈없이 이불을 꼭꼭 덮어 줄 수 있는
겨울 고마움

◆ 《고구마와 고마워는 두 글자나 같네》, 걷는사람, 2019.

71

고맙다고
말하는 삶

일주일에 한두 번은 꼭 버스를 타는데요. 요새 자주 들리는 말이 있어요. 안녕하세요, 그리고 감사합니다. 버스를 탈 때 기사님께 안녕하세요, 인사를 하고 내릴 때도 감사합니다, 말하는 거예요. 예전에도 인사하는 분이 없는 건 아니었지만 근래 몇 년 사이에 유독 더 자주 보이게 된 풍경인 것 같아요.

편의점이나 식당을 오갈 때도 잘 먹었어요, 감사합니다, 너무 맛있었어요, 이런 말씀을 하시는 분들을 자주 봅니다. 이런 말들이 어디선가 들려올 때 참 기분이 좋아요. 상대를 위하고 배려하는 말들, 그런 말들은 꼭 저를 향하지 않더라도, 어쩐지 안심을 주는 면이 있으니까요. 내가 속한 이 사회가, 공동체가 서로를 배려하는 분위기를 갖추고 있다는 뜻으로 이해할 수 있지요. 그러니 기분이 좋을 수밖에요.

저도 성인이 되고서 감사합니다, 안녕하세요, 그런 인사말들을 더 의식적으로 쓰기 시작했습니다. 대학생 시절 만났던 친구가 버스 기사님께 인사하는 것을 인상 깊게 느낀 이후였어요. 그전까지는 그런 인사를 하는 사람을 본 적이 없었거든요. 아, 그렇구나. 처음 보는 사람과 인사를 해도 되는구나. 인사를 이렇게 주고받으면 기분이 좋아지는구나. 그런 생각도 그때 처음 했죠. 그 친구는 습관적으로 하는 말 같았는데, 저는 그게 예쁘고 좋아 보이더라고요. 그 후로 버스를 타고 내릴 때 꼭 인사를 하게 되었어요. 그 친구와 헤어지고 나서도 습관은 이어지고 있습니다.

그렇게 시간이 지나고 보니 많은 사람이 가벼운 인사를 나누고 있었습니다. 아마 그 사람들도 이렇게 다른 사람들의 인사를 보며 조금씩 영향받은 것이겠죠. 이런 식으로 상냥함과 친절함이 조금씩 우리 안에서 넓어져가는 모습을 상상해보면 흐뭇한 마음이 들어요. 시간이 조금 더 지난다면, 더 많은 사람이 이렇게 상냥한 말들을 주고받을 수 있겠죠. 그런 미래가 기대되기도 합니다.

그런 생각을 하다 문득, 저 자신을 다시 한번 돌아보게 되었는데요. 정작 가족들과 가까운 친구들 사이에서는 고맙다거나 하는 말에 인색하다는 것을 뒤늦게 깨달았습니다. 반성하기도 했습니다. 모르는 사람에게는 고맙다는 말을 그렇게 쉽게 하면서, 가족들에게는 고맙다는 말도 잘 하지 않는 저 자신이 참 부끄러웠죠.

나름의 이유야 있을 거예요. 바깥에서 나누는 공적이며 사회적인 인사말들은 여기저기서 보고 배울 기회가 많지만, 매일 같이 얼굴을 보는 가족들은, 서로의 얼굴만 보고 있으니까요. 누군가 먼저 고맙다는 말을 시작하지 않는다면 이 인사의 주고받음도 시작하지 않는 거겠죠. 부모님 세대는 그런 말들과 분위기가 더 익숙하지 않은 시대를 지나오기도 했고요.

그렇다면 제가 먼저 그런 분위기를 만들 수도 있었을 텐데, 살면서 그런 생각을 해보지 못했다는 것이 또 참 부끄럽기도 하고, 스스로도 의외라는 생각이 들었습니다.

오늘 읽은 김은지 시인의 〈고구마〉는 아주 가까운 가족에게 다정하고 따뜻한 고마움을 느끼는 시입니다. 시의 화자는 열 살 먹은 개와 함께 살고 있죠. 개는 이제 제법 나이가 들어 건강을 걱정해야 하는 시기입니다. 시의 화자는 그런 개를 보며 복잡한 마음을 품고 있고요. 개는 곤히 잠들어 있습니다. 화자의 이불을 덮은 채로요. 호흡에 맞춰 조금씩 움직이는 배를 보며 머리를 쓰다듬으면, 개는 눈을 떠서 화자를 보고 눈을 맞추죠. 참 사랑스러운 풍경입니다.

시인은 거기서 난데없이 이런 말을 하죠. "고구마와 고마워는 두 글자나 같네"라고요. 개가 내 옆에 있다는 데서 오는 안도감이 고마움으로 이어진 것일 테고요. 한겨울에 개들이 좋아하는 간식인 고구마가 함께 떠오르기도 한 것이 겠죠. 고마운 마음은 고구마에게마저 가닿는 거예요. 고구마야 고마워 그렇게 말하는 것은 아니지만, 고구마에도 고마움이 함께 놓이는 그런 마음을 귀엽고 다정하게 그려 보이는 대목입니다.

저는 이 시가 보여주는 가깝고 익숙한 일상에 대한 고마움이 참 고마워요. 우리는 너무 가깝고 익숙한 것은 거의 의식하지 못하는 채로 하루를 보내곤 하잖아요. 가족의 소중함, 가까운 친구들이 주는 편안함 같은 것들은 너무 당연해서, 새삼스럽게 고맙다는 생각이 잘 떠오르지도 않는 거예요.

이 시가 개에게 품는 이 고마움과 애틋함은 어쩌면 개의 건강을 걱정할 때가 되었기에 떠오르는 것일 수도 있을 테고요. 하지만 그런 이유가 뭐가 중요하겠어요. 다만 그 고마움을 깨닫는 일이 너무 늦지만 않는다면 충분할 텐데요.

제주에서 혼자 살고 술은 약해요

이원하

유월의 제주
종달리에 핀 수국이 살이 찌면
그리고 밤이 오면 수국 한 알을 따서
착즙기에 넣고 즙을 짜서 마실 거예요
수국의 즙 같은 말투를 가지고 싶거든요
그러기 위해서 매일 수국을 감시합니다

나에게 바짝 다가오세요

혼자 살면서 나를 빼곡히 알게 되었어요
화가의 기질을 가지고 있더라고요
매일 큰 그림을 그리거든요
그래서 애인이 없나봐요

나의 정체는 끝이 없어요

제주에 온 많은 여행자들을 볼 때면
내 뒤에 놓인 물그릇이 자꾸 쏟아져요
이게 다 등껍질이 얇고 연약해서 그래요

76

그들이 상처받지 않았으면 좋겠어요
앞으로 사랑 같은 거 하지 말라고
말해주고 싶어요

제주에 부는 바람 때문에 깃털이 다 뽑혔어요,
발전에 끝이 없죠

매일 김포로 도망가는 상상을 해요
김포를 훔치는 상상을 해요
그렇다고 도망가진 않을 거예요
그렇다고 훔치진 않을 거예요

나는 제주에 사는 웃기고 이상한 사람입니다
남을 웃기기도 하고 혼자서 웃기도 많이 웃죠

제주에는 웃을 일이 참 많아요
현상 수배범이라면 살기 힘든 곳이죠
웃음소리 때문에 바로 눈에 뜨일 테니깐요

♦ 《제주에서 혼자 살고 술은 약해요》, 문학동네, 2020.

혼자 살기의
어려움

혼잣말을 많이 하는 편입니다. 한때는 너무 많이 해서 제가 이상한 사람이 아닐까 심각하게 고민한 적도 있었어요. 다행히 저만 그런 것은 아니라고 해서, 요즘은 비교적 안심하고 혼잣말을 합니다.

보통 이런 식이에요. 누군가와 나눴던 대화를 저 혼자 계속 이어가기도 하고, 혹은 어떤 상황을 상상하며 그 상황에 대해 계속 말을 덧붙이는 거죠. 그 혼잣말은 제가 일종의 공격을 받아 자기방어를 해야 하거나, 방어적 공격을 먼저 해야 하는 상황 속의 말이 많았어요. 일어날 일도 없고 일어난 적도 없는 위기 상황을 계속 상상하며 저를 지킬 수 있는 논리를 떠올리는 거예요. 아마 제 안에 알 수 없는 불안감이 상당히 크긴 큰 모양입니다. 이 경우 혼잣말은 불안을 해소하기 위한 것이겠죠.

농담을 계속 떠올릴 때도 있습니다. 이럴 때 이런 말이 나온다면 참 재미있겠다, 혹은 그때 그런 농담이 정말 재미있었지. 이런 생각을 하는 거예요. 사실 그래서 10년도 전

농담을 떠올리기도 해요. 그때 상황을 생각하며 다시 혼자 웃는 거죠. 말하자면 10년 동안 제가 했던 같은 농담으로 웃는 건데요……. 어, 계속 말할수록 제가 이상하게 느껴지는데, 다시 말하지만 이게 저만 그러는 건 아니라고 하더라고요. 세상의 많은 사람이 그러고 있다고 하니까요. 너무 걱정은 하지 않으셔도 괜찮습니다.

혼잣말을 하는 버릇은 혼자 살기 시작하면서 한층 더 강력해졌어요. 샤워하거나 설거지할 때도, 청소하거나 혼자 가만히 있을 때도 혼잣말을 하는 거예요. 코로나 이후로는 혼자 보내는 시간이 많아졌죠. 혼자 시간을 보내며 이런저런 집안일을 하다 보면 여러 생각이 떠오르게 되잖아요. 그 생각들을 말로 해보기도 하고, 그 생각들에 혼자 대답하며 생각을 이어가는 거죠. 그러다 문득 갑자기 또 혼자 민망함을 느끼고 조용해질 때도 있고요.

저에게 시 쓰기는 때로 이런 혼잣말이기도 합니다. 끊임없이 자신과 타인에게 말을 하고, 또 어떤 상황들을 상상하며 거기에 대응해보면서, 저 자신의 불안을 상대하는 거죠. 그게 저를 위로하는 일이 되기도 하고요. 시는 혼잣말이 혼잣말로 그치지 않고, 혼잣말하면서 더 많은 사람과 대화를 하게 된다는, 그런 이상한 소통을 성립한다는 점에서 참 재미있는 양식입니다. 혼잣말이 많은 저에게 잘 어울리기도 하고요.

이원하 시인의 〈제주에 혼자 살고 술은 약해요〉는 이런 흥미로운 혼잣말의 형식을 취하고 있습니다. 부드럽게 말을 걸고 있어서, 누구나 편하게 다가갈 수 있을 것만 같은 시이기도 하죠.

가만 보면 누군가에게 말을 거는 것처럼 보입니다. 저혼자 살고, 술도 약해요. 그러니까 나한테 다가오세요. 그렇게 말하는 것 같죠. 하지만 잘 살펴보면 이 시는 단지 외로움에 대한 시는 아닙니다. 당신을 그리워하는 것도 아니에요. 애당초 그 당신이라는 존재 자체가 특정되어 있지도 않은 시죠.

오히려 이 시는 나 자신에게 말을 해주는 시에 가깝습니다. 나는 지금 혼자 있지만, 사실 괜찮아. 다른 사람에게 이리로 오라고 할 만큼, 그런 여유도 있어. 괜찮아, 나는 그만큼 괜찮은 거야. 그렇게 계속 스스로 확인하는 시처럼 읽혀요. 이 귀여운 시가 어딘가 쓸쓸해 보이고, 또 한편으로는 낯설어 보이는 건 이런 까닭일 거예요.

자신을 향한 확인과 긍정의 말들은 독자에게 또 다른 위안이 되기도 합니다 참 이상하죠. 타인의 혼잣말을 보면서 위로가 된다니 말이에요. 역시 잘 생각해보니 시는 혼잣말은 아닙니다. 혼잣말인 척하면서 타인에게 말을 거는 행위이죠. 부끄러움을 숨기고, 어쩐지 조금 더 용기를 내서 말할 수 있는 방식이 아마 시일 거예요. 혼잣말이라고 생각하고 말을 하면, 얼마든지 말을 할 수 있잖아요.

여러분은 언제 어떨 때 혼잣말을 하시나요. 그리고 그

걸 누구에게 들려주시나요. 이렇게 말하듯이 건네는 저의
이 글도 사실은 혼잣말이라고 할 수 있을 것도 같은데요. 하
지만 저는 이 혼잣말로 나름 깊은 소통을 하고 있다고, 그렇
게 믿고 있기도 합니다.

가정집

서
효
인

그런 게 있습니까
겨울에 따뜻하고 여름에 시원한 집

그곳에는 가정집이 있을 것이라고 사람들은 말했다
집주인 아줌마, 요크셔테리어, 부동산 중개업자, 형광등,
길 고양이, 마을버스가 모두 그랬다 잠 속에서 나는 용달
차를 불렀고 귀히 여기던 양장본들을 버렸다 게슴츠레한
요의에 잠의 손을 뿌리치면 창이 없는 방에서 또 다른 골
목이 둥그런 지도를 그렸다 습기었다 나는 최대한 건조해
지기 위해 입을 다물고 기지개를 켰다 겨울은 늦여름 엿
처럼 늘어지고 있다

오래오래 잘 수 있는 방이었다 골목에 줄을 긋고 있
노라면, 엎드린 자세 뒤로 누가 쫓아오는 것 같았다 잠이
었다 잠에서 깨어나면 방은 여전히 어두웠다 해진 칫솔처
럼 머리가 아팠다 어둠의 호위를 받는 그를 방에서 쫓아
내기란 어려운 일이었다 잠과 잠이 손에 손을 잡고 방과
방을 차지했다 집이 아니기 때문일까 나는 잠자코 있어야
만 했다 늦은 눈이 내린다 골목의 뒤가 퉁퉁 붓고 있다

이 모든 게 가정집 때문이다 앞으로는 불가능에 관해서만 논하기로 한다 역에서 걸어 3분, 공화당의 금연 선언, 착한 어린이, 수리한 싱크대, 단식하는 개, 친절한 이웃, 그런 게 있습니까?

겨울은 진득하게 늘어지고 더위는 엿같이 풍성할 것이다
가정집을 찾아야 하는데
대답이 없다

◆ 《백 년 동안의 세계대전》, 민음사, 2011.

내 집은
어디 있나

살면서 몇 개의 집을 거치게 될까요? 예전에 본 어떤 기사에서는 한국인은 평균 7.7년마다 한 번꼴로 이사한다고 하더라고요. 제 삶의 주기를 떠올려보면 대략 비슷한데요. 생애 주기를 어느 정도는 따르는 게 아닐까 싶습니다. 대학에 입학하고, 취업을 준비하고, 결혼을 하고 아이가 생기고 집을 늘려야 할 타이밍 등을 얼추 따져보고 평균값을 내면 그 정도 기간이 되는 게 아닐까 싶네요.

집은 우리 삶과 밀접한 관련이 있습니다. 삶의 형태에 따라 필요한 집의 형태도 달라질 테니 말이에요. 저 역시 독립하면서 제가 살 집을 두고 많은 고민을 했어요. 30대 중반의 프리랜서인 저에게 어울리는 집의 모습과 위치 같은 게 있을 테니까요.

차가 없으니 교통이 중요했고, 집에서 작업해야 하니 작업하기 좋은 주변 환경이 중요했죠. 책을 잔뜩 보관할 공간도 필요했고요. 이런저런 이유로 오래 살아온 서울을 어쩔 수 없이 벗어나, 서울 근처에 집을 구하게 되었습니다.

오래 고민한 덕에 저는 지금 집에 만족하고 있는데요. 만족하는 만큼 또 다른 고민이 생기지 않을 수는 없겠죠. 계약기간은 언젠가 끝날 테고 시간이 지나면 결국 다시 또 새집을 찾아야만 할 텐데, 요즘 같은 시기에 정말 마음에 들고 제 조건에 맞는 집을 찾는 일이 가능할지 확신할 수 없으니까요. 갑자기 제가 모르는 제 재산이 발견되어서 집을 마음 놓고 살 수 있다면 얼마나 좋을까, 그런 헛된 기대를 자주 품는 요즘입니다.

한국에서의 삶은 언제나 집과의 싸움인 것 같습니다. 집을 구하기 위해 전국민이 투쟁하는 것 같다고 해야 할까요. 제 경우에는 아직 그 싸움을 제대로 시작도 하지 않았는데, 벌써부터 앞날이 캄캄한 기분이 들곤 해요. 아마 저만 그런 기분을 느끼는 것은 아니리라 생각합니다.

단지 공간을 확보하는 것이 집이 가진 의미의 전부는 아니잖아요. 집은 일상의 형태 그 자체를 말하는 것이기도 하니까요. 주거 불안이 내 미래 삶의 모습에 대한 불안과 연결되는 것은 당연한 일일 것입니다. 10년 뒤의 저의 모습을 상상하기란 어렵죠. 안정적이고 평화로운 미래를 상상하는 것도 마찬가지로 어렵고요.

서효인 시인의 시는 이런 고민을 명료하게 보여줍니다. 요즘 같은 때일수록 많은 분이 읽고 공감할 수 있는 시가 아닐까 싶은데요. 이 시는 처음부터 묻죠. 정말로 그런 집이 있느냐고요. 겨울에 따뜻하고 여름엔 시원한 집, 삶에서 마주치는 여러 어려움으로부터 우리를 보호할 수 있는 안전한 공간이 있느냐고 말이에요. 설령 그런 공간이 세상 어딘가에 있다고 하더라도, 최소한 이 시의 화자에게 그건 자신이 속할 수 있는 공간이 아닙니다.

이 시의 화자가 사는 공간은 오래도록 잘 수 있는 방이고, 어둠과 불안이 도사린 공간입니다. 잠의 이미지를 반복적으로 묘사하는 것은 아마 불안한 공간에서의 무력감을 드러내기 위한 것일 테고요. 저는 이런 대목에서도 많이 공감했어요. 어딘가 내 삶이 어긋나 있다는 생각, 삶이 나아질 가능성이 보이지 않는다는 감각을 너무나 잘 보여주는 대목이죠.

그러니 우리가 '가정집'이라 부르는 그 집은 정말 얼마나 멀고도 먼 곳에 있는 걸까요. 중산층의 안정된 삶이라는 이미지는 많은 사람의 현실과 얼마나 괴리되어 있는 것일까요. 이 시는 결국 불가능에 대해서만 말하기로 합니다. "역에서 걸어 3분"이라거나, "수리한 싱크대"라거나, "친절한 이웃"과 같은 것들을 늘어놓죠. 편리하고 당연한 삶이 얼마나 당연하지 않은지에 대해 말해주는 것만 같습니다.

우리는 언젠가 그런 가정집에 도달할 수 있을까요? 우리 중 누군가는 도달할 수도 있을 테지만, 사실 또 우리 중 누군가는 그 머나먼 꿈 앞에서 불안과 좌절을 느낄 수도 있을 겁니다. 중요한 것은, 여전히 불안 속에 있는 누군가가 앞으로도 존재하리라는 사실이겠죠. 그러므로 이 시는 사실

내 집은 어디 있는가, 라는 질문을 던지는 시가 아닙니다. 이 시가 던지는 질문은 우리의 집은 어디인가, 그리고 우리의 집은 어떠해야만 하는가, 하는 것이죠.

분홍 나막신

송찬호

님께서 새 나막신을 사 오셨다
나는 아이 좋아라
발톱을 깎고
발뒤꿈치와 복숭아뼈를 깎고
새 신에 발을 꼬옥 맞추었다

그리고 나는 짓찧어진
맨드라미 즙을
나막신 코에 문질렀다
발이 부르트고 피가 배어 나와도
이 춤을 멈출 수 없음을 예감하면서
님께서는 오직 사랑만을 발명하셨으니

◆ 《분홍 나막신》, 문학과지성사, 2016.

신발이
닳아 없어져도

신발을 오래 신는 편입니다. 중학생 때 산 신발을 대학교 2학년까지 신었을 정도예요. 무슨 신발이든 한번 사면 최소 5~6년은 신는 것 같아요. 신발의 종류가 그다지 많지도 않고, 두세 개쯤 되는 것을 계속 돌려 신는 편인데, 그중에서도 주로 신는 하나가 정해져 있습니다. 신발을 아껴 신는다기보다는 활동량이 워낙 적어서 신발이 잘 닳지 않거든요. 게다가 신발에 딱히 관심이 없어서 편하게 신을 수 있는 신발이면 무슨 신발이든 크게 상관없기도 합니다.

반면에 한 살 터울인 제 남동생은 운동화를 밥 먹듯이 갈아치웠습니다. 어릴 적부터 매일같이 농구를 했는데, 운동을 하다 보면 신발이 빨리 닳잖아요. 한두 달마다 하나씩 신발을 새로 샀던 것 같습니다. 그 탓에 어머니가 한탄하신 것도 기억이 납니다. 저로서는 믿을 수 없을 정도로 빠르게 밑창이 닳았어요. 저 단단한 신발이 저렇게 빨리 닳아 없어질 수도 있구나, 그런 생각을 하기도 했죠. 신발이란 그걸 신은 사람의 움직임을 따라 함께 움직이는 물건이라는 당연한 사실을 동생을 보며 새삼 실감했습니다.

운동화를 살 일이 별로 없어서 겪은 적이 많지 않았지만, 학교에 새 신발을 신고 가면 친구들이 신발을 길들여야한다며 밟아주곤 했던 것이 생각납니다. 요즘도 그런 풍습이 남았는지 모르겠네요. 과거에 새 신발은 정말 뻣뻣했기 때문에, 발이 다치지 않기 위해서는 그렇게 신발을 조금 부드럽게 만들어야 했던 거죠. 그럴 필요가 없어진 이후로도 계속 이어져 일종의 장난스러운 풍습이 된 겁니다.

신발은 우리 삶에서 떼놓을 수 없는 필수적인 물건이니까요. 신발 없인 밖으로 나갈 수도 없죠. 그래서인지 신발과 관련한 여러 믿음이나 풍습은 그 밖에도 많습니다. 신발을 꺾어 신으면 복이 달아난다거나, 좋은 신을 신으면 좋은 곳에 간다거나, 연인에게 신발을 선물하면 도망간다거나, 반대로 사랑하는 마음을 담아 연인을 대접하는 것을 꽃신 신겨준다고 표현한다거나 하는 것들요.

여러 이야기에서는 사랑과 욕망의 상징으로서 신발이 활용되기도 했죠. 신데렐라 이야기나 빨간 구두 이야기 같은 것들이 그렇고요. 모두 신발이 우리 삶과 밀접하기에 자연스럽게 생겨난 말과 이야기입니다.

송찬호 시인의 시 〈분홍 나막신〉에서도 신발과 사랑이 함께 얽혀 있는 것을 발견할 수 있습니다. 시의 화자는 님에게 새 나막신을 선물 받고, 참 기뻐합니다. 그런데 그 신발이 자신의 발에 잘 맞지 않았던 모양입니다. 그래서 시의 화자는 발톱을 깎고 발뒤꿈치와 복숭아뼈까지 깎아서 자신의 발을 신발에 맞춰버립니다. 앞서 얘기했던 새 신발이 생기면 신발을 밟아서 길들인다는 이야기와는 정반대죠. 이 시의 화자는 나보다 님이 준 신발이 더 소중해지기에 자신을 희생하기로 합니다.

사랑하기 때문입니다. 사랑이란 그토록 잔혹하고 잔인한 것입니다. 나를 기꺼이 깎아내고 버릴 수 있는 것, 그리고 그것을 기쁘게 행하는 것이 사랑이죠. 시의 화자는 그 상처에 겨우 맨드라미즙을 바를 뿐이고요. 그리고 생각합니다. 발이 부르트고 피가 배어 나와도 이 춤을 멈출 수는 없을 거라고요. 빨간 구두 이야기가 절묘하게 겹쳐지는 대목입니다. 발이 피투성이가 되어도, 결코 그 춤을 멈출 수 없게 되어버린 소녀의 이야기는 작은 욕망에서 비롯된 동경이 결국 소녀 자신을 파멸시키며 다소 비극적이고 잔인하게 마무리되는데요. 이 시에서는 이러한 미래가 마냥 비극적인 결말이라고는 보기 어렵습니다.

시는 이렇게 끝납니다. "님께서는 오직 사랑만을 발명하셨으니" 이 말은 여러 의미를 함축하고 있습니다. 자신의 발이 피투성이가 되더라도 사랑 속에서 자신은 기쁘다는 말인 것 같기도 하고, 한편으로 자신은 이 사랑 속에서 결코 빠져나갈 수 없으므로 영원히 고통받을 수밖에 없다는 말인 것도 같거든요.

사랑이란 이렇게 복잡한 것이니까요. 이 고통도 환희도

모두 포함해서 사랑이라고 봐야겠죠. 이 시의 제목인 '분홍 나막신'은 언뜻 떠올려보면 참 예쁜 것이지만, 동시에 그 예쁜 분홍빛은 내가 흘린 피의 색이라는 뜻이 됩니다.

시인은 이처럼 사랑의 복잡한 속성을, 사랑만큼이나 복잡한 의미를 거느리고 있는 신발을 통해 절묘하게 그려내고 있습니다. 신발이란 어디든 갈 수 있게 도와주는 물건인데, 이처럼 어디로도 가지 못하도록 만드는 신발의 모습을 그려내는 시인의 내공이 대단하게 느껴집니다.

이 시를 읽으며 제 신발에 대해서도 생각해봤습니다. 거의 닳지 않고 오래도록 저와 함께하는 제 신발을요. 여러모로 저를 참 많이 닮았구나, 새삼스레 되뇌기도 했어요. 여러분은 어떤가요. 여러분의 신발은, 그리고 여러분의 사랑은 어떤 모양을 하고 있나요.

아침

오
장
환

까마귀 한 마리
게을리 노래하며
감나무에 앉았다.
제숫물 그릇엔
얼음덩이 둘

◆ 《휘문》 10호, 1933.

교외의 강변

오
장
환

내가 떼어본 물수제비
팽글팽글 고리를 저으며
가벼운 까치발 띄우곤
힘없이 물속에 잠겨버렸네.

강물은 다시 주름살 펴고
새파랗게 젊어져가네
호오이— 하고 휘파람 굴려봤으나
홀로 섰는 강 벼랑은 쓸쓸도 하네.

◆ 《휘문》 11호, 1933.

물가에 서면
이상한 기분이 들지만

군자는 산을 좋아하고, 지자는 물을 좋아한다는 말도 있는데요. 둘 다 좋아하는 제가 군자도 지자도 아닌 것은 어떻게 된 일일까요. 하지만 산에 가도 기분이 좋고, 물가에 가도 기분이 좋으니 어느 쪽을 선택하지 못하는 게 제 잘못은 아닐 겁니다. 그래도 둘 중 어느 쪽을 더 좋아하느냐 묻는다면 그건 분명하게 답할 수 있는데요. 저는 물가에 가는 일을 더 좋아합니다.

일단 산을 오르지 않아도 되니 관절염으로 고생하는 저에게 부담이 덜 되어서, 라는 현실적인 이유가 있기는 하지만, 물이 주는 그 특유의 느낌 때문인 것 같습니다. 물가에 섰을 때 느껴지는 물기운이라고 해야 할까요. 옅은 습기와 한기가 동시에 전해져오는 그 느낌이 정말 좋죠. 사실 습도나 온도는 산속에 들어가도 달라지긴 하는데, 산에 가면 제가 그 공기 속으로 들어가는 느낌이잖아요. 반면에 물기운은 엄습해온다고나 할까요. 그 존재가 느껴진다고 할까요. 그렇게 보이지 않는 무언가가 제 근처에서 어른거리는 그 느낌이 묘해서 좋습니다.

물은 흔들리고 움직이고, 하염없이 흘러가는 것인데 또 밀리서 보면 고체처럼 보이기도 하죠. 어두운 곳에서는 흔들리는 금속 같기도 하고, 빛이 적당한 각도로 물 위로 떨어져 내릴 때면 다채롭게 빛을 반사하며 놀라울 정도로 아름다운 장면을 만들어내기도 하고요.

물을 일상적으로 매일 보지는 않아서 이렇게 느끼는 걸지도 모릅니다. 가끔은 물어보고 싶기도 합니다. 물가에서 매일 살아온 사람은 물을 보며 어떤 생각을 하는지요. 저처럼 새삼스러운 느낌을 받을지, 아니면 너무 일상적이라 무심코 넘기게 되는지에 대해서요.

기분에 따라 달라질 수도 있을 것 같네요. 저는 너무 힘들고 괴로울 때 물을 보면 또 그 느낌이 달라지거든요. 아마 많은 분이 그러하지 않을까요. 마음이 괴롭고 속에 무엇인가 가득 차오르는 것 같은 순간에, 넓고 큰물을 보면서 해방감을 느끼기도 할 테고, 또 그냥 거기 빠져들고 싶다는 생각도 할 겁니다.

먼 옛날 사람들도 비슷했나 봐요. 〈공무도하가〉와 같은 옛 시를 봐도 그렇고요. 오장환 시인의 시도 그처럼 물을 볼 때의 마음을 깊게 느낄 수 있는 시가 아닐까 합니다.

오장환 시인은 그다지 널리 알려지지 않은 편이라 대표작을 소개하면 좋겠다고 생각했는데요. 최근 전집에 실려 있지 않은, 초기 작품들이 발견되었다는 소식을 접했거든요. 그런데 그 시들이 오장환 시인의 여타 시들과는 꽤 다른 느낌이어서, 함께 읽고 싶어졌습니다.

〈아침〉이라는 시는 추위가 시작된 어느 늦가을 아침 풍경인 것 같죠. 아침이 밝아서 집 밖으로 누군가 나왔고, 위를 보니 까마귀 한 마리가 감나무 가지에 앉아 있습니다. 그리고 아래를 내려다보면 그릇을 씻을 때 쓰는 큰 그릇에 물이 담겼고, 거기에 흰 얼음이 떠 있는 거죠. 위에는 검은 새, 아래에는 흰 얼음의 이미지가 대비되는 시인데요. 이른 아침, 물그릇에 얼음물이 담겨 있는 차가운 이미지가 정신을 맑게 하는 쨍한 기운을 풍기는 것 같기도 하고, 또 어쩐지 마음이 차가워져 다가오는 겨울과 다가오는 죽음을 생각하게 하는 것 같기도 합니다.

또 다른 시 〈교외의 강변〉은 비슷하면서도 다른 느낌의 물 이미지를 전해주죠. 강변에 한 사람이 서 있고, 거기에서 작은 돌로 물수제비를 던집니다. 물이 튕겨 파문이 일어나는 것을 두고 "팽글팽글 고리를 저으며"라고 표현하는데요. 물수제비는 결국 물에 빠질 수밖에 없죠. 그러면 파문이 일어났던 것도 잠시, 강물은 다시 부드럽게 흘러가고요. 물수제비를 던진 사람은 그 앞에서 휘파람을 불어보지만, 흐르는 강물 앞에서 쓸쓸함은 한층 더 깊어질 뿐입니다.

물가에 선 고독한 사람의 모습을 잘 그려낸 시인데요. 이 사람은 물을 즐기기 위해 물가에 갔던 것은 아닌 모양입니다. 그보다는 너무 쓸쓸하고 고독해서, 마음속에 어떤 응

어리가 있어서 물을 보고자 강변에 홀로 찾아갔던 것일 테죠. 물가에 망연히 혼자 서 있을 때의 느낌을 시인은 참 정확하게 잘 전달합니다.

두 편의 시를 읽으면서 저는 물을 가만히 바라보던 어느 순간의 저를 다시 떠올렸습니다. 흐르는 물을 보면서, 혹은 작은 그릇 안에 가만히 담겨 조금씩 흔들리는 물을 보면서, 뭐라 말할 수 없는 이상한 기분을, 쓸쓸함이라고도 해방감이라고도 할 수 있을 이상한 양가적인 마음을 느꼈던 순간들.

아마 많은 분이 비슷한 순간을 떠올리시지 않을까 합니다. 물 앞에서는 다들 비슷한 마음을 갖곤 하니까요. 치료라고까지는 할 수 없겠지만, 작은 위안, 잠깐의 환기 같은 것을 우리는 물에서 받는 것 같습니다.

우리가 물에서 무엇인가를 느끼는 것은 물이 수면에 비친 것을 반사해주기 때문이겠죠. 거기 반사되는 것은 무엇일까요. 또 어떤 마음일까요. 흐르는 물을 보며 잠시 생각해봅니다.

밤은 고요하고

　밤은 고요하고 방은 물로 씻은 듯합니다.

　이불은 개인 채로 옆에 놓아두고 화롯불을 다듬거리고 앉았습니다.

　밤은 얼마나 되었는지 화롯불은 꺼져서 찬 재가 되었습니다.

　그러나 그를 사랑하는 나의 마음은 오히려 식지 아니하였습니다.

　닭의 소리가 채 나기 전에 그를 만나서 무슨 말을 하였는데, 꿈조차 분명치 않습니다그려.

◆ 《님의 침묵》, 1926.

잠들지 못하는
밤에

여러분은 밤에 뭘 하시나요. 밤에 할 수 있는 일과 낮에 할 수 있는 일은 조금 다른 듯합니다. 낮은 일반적으로 모두가 깨어 있기로 합의한 시간이잖아요. 사람과 사람이 만나야 할 수 있는 일들, 회사에 가고, 학교에 가고, 물건을 사거나 팔고, 만나서 중요한 일을 결정하고, 타인과 함께하는 시간을 주로 보내게 되죠. 공적인 것을 향해 열려 있는 시간이라고도 할 수 있을 것 같습니다.

반면에 밤은 개인의 시간입니다. 누군가는 잠들고, 또 다른 누군가는 잠들지 않은 채로 사적인 시간을 보냅니다. 낮 동안의 피로를 풀기도 하고, 다른 일을 보느라 하지 못했던 일을 마저 하기도 하고요. 게임을 하기도 하고, 영화 감상을 하기도 하고, 그저 가만히 앉아서 멍하니 TV를 보며 휴식하기도 하죠. 자신에게 집중하는 시간이라고 할 수 있습니다.

저는 중요한 일은 대부분 밤에 하는 것 같아요. 시 쓰기도 대체로 밤에 하고, 책을 읽는 일도 마찬가지죠. 꼭 조용해서 밤에 집중하게 되는 것은 아니에요. 제 작업실은 낮에도 조용한 편이거든요. 아마 낮의 일을 모두 마치고, 밤으로 넘어가는 과정 자체가 도움이 되는 것 아닌가 싶어요. 하늘이 어두워지고, 실내에 불이 켜지기 시작하면 일상의 시간, 공적인 시간이 끝나고 침묵과 사색의 시간으로 넘어가는 느낌이 있으니까요. 그렇다고 저의 밤이 침묵과 사색의 시간이 된다는 뜻은 아니지만, 그래도 그런 밤의 힘을 조금은 빌릴 수 있을 것 같습니다.

대가들은 새벽에 일어나서 아침에 정해진 시간 동안 글을 쓴다고 하는데, 저는 그렇게는 못 하는 편입니다. 낮부터 조금씩 건드리기 시작한 글을 밤늦도록 계속 질질 끌고 가는 경우도 많습니다. 사실은 대부분의 시간이 그렇다고 할 수 있죠. 낮에 다른 일 하지 않고 작업실에 계속 있어도 되는 날에는 낮부터 시를 쓰려 컴퓨터 앞에 앉는데요. 대체로 어두워지기 전까지는 좀처럼 효율이 나지를 않습니다. 그리고 낮 동안의 시간을 모두 낭비해버렸다는 죄책감에 사로잡혀서 늦은 밤까지 시를 쓰는 것이 저의 일상입니다. 그런데도 좀처럼 진도가 나가질 않아서 새벽 두 시나 세 시쯤에 자괴감 속에서 잠드는 것도 일상이고요.

밤은 생각하기에 좋은 시간이죠. 때로는 어떤 생각에 빠져서 헤어나오지 못하는 시간이기도 합니다. 낮에는 겨우 잊고 있던 어떤 생각이, 어둠이 찾아올 무렵에는 어둠과 함께 짙고 깊어질 때가 있죠. 그런 경우에는 다른 일은 아무것도 하지 못하고, 그 생각에 짓눌린 채로 밤을 보내야 합니다.

사실 저는 베개에 머리만 대면 바로 잠들어버리는 편인데요. 가끔 어떤 생각에 사로잡혀버리고 나면, 도무지 잠들지 못하고 생각을 계속해요. 누군가에 대한 생각이거나, 어떤 일에 대한 생각이기도 한데요. 그 생각은 도무지 멈추지를 않아서, 동이 트고 다시 하루를 시작해야 할 때쯤 겨우 멈추게 됩니다.

밤은 정말 이상한 시간인 것 같습니다. 밤은 우리 인생의 절반 가까운 시간인데, 밤과 잠, 꿈은 비밀스럽고 신비한 것으로 여겨지니까요. 비밀스럽고 신비한 시간은 은밀한 고민과 말할 수 없는 괴로움마저 품고 있습니다. 우리 인생의 절반이 비밀과 신비의 시간이라고 생각하면, 새삼스럽게 놀라지 않을 수 없습니다. 우리가 잠든 시간은 우리가 우리를 의식하지 못하는 시간이니, 우리 삶의 3분의 1이나 4분의 1쯤은 우리의 의식과 무관한 영역에 속한 것이기도 하겠네요. 하지만 방금 이야기한 것처럼 어떤 생각에 사로잡혀서 잠들지 못하고 괴로워하는 밤을 생각하면, 우리가 생각을 멈추고 눈을 감는 그 밤의 시간이 얼마나 중요한지 다시 깨닫게 됩니다.

한용운 시인의 시 〈밤은 고요하고〉는 이처럼 생각에 잠긴 밤을 그리고 있습니다. 한용운 시인은 당대의 어떤 시인들보다 더 부드럽고 유려하게 말을 다루는 시인이었는데요. 그 유려함은 지금 시점에 읽어도 낡게 느껴지지 않을 정도죠. 〈밤은 고요하고〉도 물론 그렇습니다.

　〈밤은 고요하고〉에서는 밤에 홀로 방에 앉아 있는 사람의 모습을 그립니다. 밤이 깊어가는데 이불은 펴지 않은 채로 방 한구석에 있고, 화롯불도 꺼진 지 오래되어 한기가 느껴집니다. 그런데도 이 시의 화자는 가만히 앉아 그를 떠올리고 있습니다. 그가 돌아와야 이불도 펴고, 화롯불도 켜고, 그래서 방도 따뜻해질 텐데, 그는 아마 앞으로도 돌아오지 않을 것만 같습니다. 그런데도 자신의 마음은 식지 않았다고 말하며, 그를 생각하며 밤을 보내고 있습니다. 계속 그렇게 기다리고 생각하다가 까무룩 잠이 들었던 모양입니다. 그가 꿈속에 잠시 찾아와 그에게 무슨 말인가를 해주었는데, 그 순간 닭이 우는 소리에 잠에서 깨어나버렸고, 그 말조차 떠오르지 않는다는 고백으로 시는 끝을 맺습니다. 그때 한 말은 어떤 말이었을까요. 어쩌면 아무런 말도 못 했을 것 같습니다. 생각이 너무 깊고, 할 말이 너무 많으면 아무런 말도 하지 못하게 마련이니까요.

　이 시는 이렇게 깊어가는 밤, 깊은 생각에 빠져 거기서 벗어나지 못하는 한 사람의 모습을 그리고 있는데요. 저는 사랑하는 사람을 생각하며 이렇게 밤을 지새운 적은 없지만, 그렇다 하더라도 이 시가 그리는 장면에 깊이 공감할 수 있었습니다. 적막한 밤, 그리고 휑한 방에서 아무것도 하지 못하고 그저 시간을 보내고 있는 날들이 저에게도 많았으니까요. 하지만 결국 잠들지 못하는 밤을 보내도 결국 우리는 또 어느 순간에 잠들고, 다시 다음 날을 맞이하죠. 이 시의 화자는 과연 어떻게 되었을까요. 그 사람을 더는 떠올리지 않고 편안히 잠드는 밤을 맞았을까요. 그건 알 수 없는 일이지만, 이 시의 화자든, 아니면 다른 누구든 편한 밤을 맞을 수 있다면 정말 좋겠습니다.

오—매 단풍 들겄네

"오—매 단풍 들겄네"
장광에 골붉은 감잎 날아와
누이는 놀란 듯이 치어다보며
"오—매 단풍 들겄네"

추석이 내일모레 기둘리니
바람이 잦이어서 걱정이리
누이의 마음아 나를 보아라
"오—매 단풍 들겄네"

◆ 《영랑 시집》, 1935.

가을이라고
편지를 쓰지는 않지만

〈추일서정〉이라는 시도 있고, 〈가을엔 편지를 하겠어요〉라는 노래도 있지만, 저는 가을에 그다지 감흥이 없습니다. 다른 계절에 비해 뭔가 인상이 약하다고 해야 할까요. 가을은 한 해 중 가장 바쁘고 정신없는 시기를 보내는 경우가 많았는데요. 그 탓에 뭘 느낄 겨를이 없던 것인지도 모르겠습니다.

가을더러 대체 무슨 계절이라고 하면 좋을까요. 천고마비의 계절이라는 말은 요즘과 잘 어울리는 말은 아닙니다. 사시사철 내내 먹을 것이 풍족한 현대의 삶에서는 수확과 풍요의 가을이 크게 의미가 있지는 않으니까요. 독서의 계절이라는 말도 이제는 유명무실하죠. 독서의 계절이라는 말 자체가 출판 마케팅으로 생겨났다고도 하고, 요새는 때를 가리지 않고 꾸준하게 책을 읽지 않고 있으니까요.

가을은 역시 단풍이 들고 낙엽이 지는 계절이라고 하는 것이 가장 익숙하고 맞는 말이긴 할 겁니다. 풍요로운 수확의 이미지와 더불어 다가올 소멸과 죽음을 암시하는 이미지가 동시에 존재하는 것이 가을이니까요. 봄과는 또 다른 양면성이 가을의 특징이라고 꼽을 수 있을 것 같습니다.

제가 이렇게 가을에 심드렁한 티를 열심히 내는 것은 제 안의 쓸데없는 시인 자의식 때문일는지도 모르겠습니다. 시인 자의식이라기보다는 습작 시절부터의 습관이라고 할 수 있을 것 같네요. 가을은 유독 낭만적이고 감성적인 계절로 여겨지곤 하잖아요. 제가 가을에 거리를 두려는 건 이런 가을의 성격 때문입니다. 바바리코트를 입고 낙엽 깔린 거리를 홀로 걷는 사람의 실루엣 같은 것이 저에게 지배적인 가을의 이미지로 자리 잡았다는 말이죠. 지나친 낭만성은 시인에게는 그다지 좋은 것이라고 하기 어렵습니다. 낭만성이라는 개념이 거느린 이미지는 대부분 우리에게 너무 익숙한 것이고, 그렇게 완고하게 굳어진 개념은 시의 활기를 떨어뜨리니까요. 낙엽이 어떻고 단풍이 어떻고 하는 시가 요새 드문 것은 그런 이유입니다. 저 또한 습작 시절부터 마음속 깊은 데서 가을에 대한 저항감을 한껏 높여놓았죠.

가을 날씨는 참 좋아합니다. 아주 덥지도 춥지도 않고, 하늘은 맑고 쾌청하고, 가을날의 산책은 기분을 좋게 하잖아요. 요즘은 가을이 너무 짧아져서 잠깐 방심하면 금세 겨울로 넘어가버리니, 매해 가을이 끝나기 전에 가을 산책을 최대한 많이 해두려고 전전긍긍하기도 합니다.

가을에 대한 저항감이 조금 줄어들었다고 해야 할까요. 아니면 가을에 미안한 마음이 생겼다고 해야 할까요. 가을에 대한 생각을 고쳐먹어야겠다고, 요즘 자주 생각합니다. 가을의 고착화된 낭만성이 거북하다고 가을을 굳이 멀리하려는 마음도, 조금 무책임하지 않은가 싶기도 하고요. 요즘에는 그 고착화된 이미지도 많이 희석된 감이 있으니, 조금 다른 가을 이미지를 상상해볼 필요가 있지 않을까 싶습니다.

김영랑 시인의 시는 제 안의 가을 이미지를 재고하도록 하는 좋은 예시입니다. 벌써 반세기도 더 전의 시인 만큼, 가을 이미지의 오래된 미래라고도 할 수 있을 텐데요. "오ㅡ매 단풍 들것네"라는 구수한 말이 오히려 신선하게 느껴지기까지 합니다.

오매 단풍 들었네, 라는 누이의 감탄사로 시는 시작하죠. 이른 아침 누이가 장을 뜨러 광에 들어간 모양입니다. 그런데 광에 감나무 잎 하나가 날아오죠. '골불은 감잎'이라고도 하고, '골붉은 감잎'이라고도 하는 이 대목은, 골이 붉다고 이해하면 단풍이 들고 낙엽이 지려는 뜻으로 이해할 수 있을 테고, 골이 불었다고 이해하면 잎맥이 선명하고, 그 생기가 절정에 이른 것 같다는 뜻으로, 즉 수확의 계절이 임박했다는 뜻으로 이해할 수 있습니다. 어느 쪽이든 가을이 무르익었다는 말입니다. 누이는 이처럼 무르익은 가을에 놀라며, 감탄사를 내뱉죠. 오매 단풍 들었네.

곧 추석이 다가올 테고, 명절이 오면 준비해야 할 것도 한가득이니 여러모로 걱정이기도 할 겁니다. 시의 화자는 그런 누이의 속내를 읽고 생각하죠. 누이의 마음아 나를 보아라, 라고요. 그건 겉으로 드러내지는 않고 속으로 건네는 살가운 인사이자 위로일 겁니다. 마음이 나를 본다는 말이 어색하게 느껴지면서도, 사실은 이 시의 장면과 잘 어울립니다. 이 시의 화자는 가을이 온 것에 놀라 호들갑 떠는 누이를 멀찍이 바라보고 있으니까요. 아마 추석이 오면 이 시의 화자는 누이를 위해 작은 무엇이라도 해주지 않을까 싶습니다. 그 또한 가을의 풍요로움이겠죠.

쓰인 내용이 많지도 않은데 참 여러 마음과 생각이 담겨 있는 시입니다. 가을의 풍요로움과 넘치는 생명력, 그리고 그 속에서 살아가는 사람들의 삶과 마음이 고스란히 전해지죠. 저는 이 시를 읽으면서 가을 이미지라는 것이 꼭 낭만적이거나 진지하거나 우울한 기색을 띨 필요가 없다는 것을 배웠습니다. 그리고 제가 가을의 이미지를 너무 협소하게 가두고 있다는 것도 깨달았고요. 그렇다면 우리에게는 또 어떤 가을의 이미지가 가능할까요. 꼭 가을만의 이야기는 아닐 겁니다. 우리가 매일 마주하는 날씨는 또 매일 조금씩 다른 것이기도 하니까요. 그 작은 차이들을 느끼는 것만으로도 삶은 분명 더욱 풍요로울 수 있을 거예요.

2부 | 내가
아프던 밤

당신의 고향집에 와서

진은영

나는 오늘 밤 잠든 당신의 등 위로
달팽이들을 모두 풀어놓을 거예요

술집 담벼락에 기대어 있던 창백한 담쟁이잎이 창문
틈의 웅성거림을 따라와
우리의 붉은 잔 속에 마른 가지 끝을 넣어봅니다
이 앞을 오가면서도 당신은 아무것도 얻어 마시질 못
했죠
아버지를 부르러 수없이 드나든 이곳의 문을 열고 맡
던 냄새와 표정과 무늬들
그 여름에 당신은 마당 가운데 고무 목욕통의 저수지
에 익사할 뻔한 작은 아이였어요
아 저 문방구 앞, 떡갈나무 아래, 거기가
열매를 줍거나 유리구슬 몇 개를 따기 위해
당신이 처음으로 희고 부드러운 무릎을 꿇었던 곳이
군요
한참을 머뭇거리던 나의 손을 잡고
어린 시절이 숨어 있던 은유의 커다란 옷장에서 나를
꺼내 데려가주세요

얇은 잠옷차림으로 창문 너머의 별을 타고 야반도주
하는 연인들처럼 가볍게

들판의 귀리 싹이 몇 인치의 초록으로 땅을 들어올
리듯

차력사인 봄을 불러다주세요

붉은 담쟁이 잎이 잔 속에서 피어나고 흰 양털 장화
속이 축축해지도록 눈 내립니다

별과 알콜을 태운 젖은 재들이 휘날립니다

내가 고백할 수 있도록

아버지의 술 냄새로 문패를 달았던 파란 대문, 욕설
에 떨어져나간 문고리와 골목길과

널, 죽일 거야 낙서로 가득했던 담벼락들과 집고양
이, 도둑고양이, 모든 울음들을 불러주세요

당신이 손을 잡았던 어린 시절의 여자아이들, 남자아
이들의 두근거리는 심장,

잃어버린 장갑과 우산들, 죽은 딱정벌레들, 부러진
작은 나뭇가지와 다 써버린 산수공책

마을 전체를 불러다줘요

다리 잘린 그들의
기다란 목과
두 팔과
눈 내리는 언덕처럼 새하얀 등 위로

나는 사랑의 민달팽이들을 풀어놓을 겁니다

◆ 《문학과사회》 2012년 봄호.

고향이
없어져도

얼마 전 고향에 다녀왔습니다. 고향이라고 해봐야 아주 먼 곳은 아니에요. 저는 경기도 안양에서 나고 자랐는데요. 아파트로 가득한, 서울의 위성도시인 만큼 고향의 정취라거나 반겨주는 친척들이라거나 고향이라고 하면 흔히 떠올릴 수 있을 만한 것들은 없습니다. 심지어 어릴 적 제가 살던 동네들은 이미 크게 변해버렸고, 제가 살던 집도 남아 있지 않습니다. 대신 그 자리에는 낯선 아파트 단지가 들어와 있을 뿐이지요.

〈감사하는 마음〉이라는 시에서 오랜 시간이 지나 고향에 돌아온 사람의 이야기를 그린 적이 있습니다. 고향에 돌아가본 적도 없으면서, 모든 것이 변해버린 고향에 대해 뻔뻔하게 쓴 것이었지요. 그런데 막상 고향에 가보니 시를 쓰며 상상하던 것과 크게 다르지도 않았습니다. 아는 사람도 없고, 기억하는 풍경도 남아 있지 않았어요. 조금 더 천천히 이곳저곳을 살펴보았다면 제 기억과 닿는 곳을 발견할 수도 있었겠지만, 제게 그럴 시간이 있지는 않았거든요.

그렇다 하더라도 고향에 가는 일은 묘하게 들뜨게 되는 일이었습니다. 설령 아무것도 기억하지 못한다고 하더라도, 알고 있던 건 아무것도 남아 있지 않다고 하더라도, 내가 오래 몸과 마음을 두었던 곳에 돌아가는 일은, 잊고 살아온 그 지난 일들을 모두 떠올리게 하니까요.

거의 떠올리는 일이 없었던 중학교 시절의 일이나, 초등학교 시절의 친구들을 생각하기도 했어요. 그때 생각이나, 부끄러운 일들도 연이어 떠올랐고요. 아마 그것이 고향의 의미겠지요. 나의 지나간 시절, 나의 여러 처음이 모여 있는 어떤 장소.

진은영 시인의 〈당신의 고향집에 와서〉는 사랑하는 이의 고향에 대해 이야기하는 시입니다. 이 시는 고향이 품은 당신의 시간을 부드러운 어조로 풀어놓고 있어요. 사랑하는 사람의 고향은 사랑하는 사람이 유년을 보낸 곳이기도 하겠지요. 거기에는 이미 지나가버렸기에 더 아름답거나 더 슬픈 일들이 가득했을 테고요. 그리고 당신의 고향집에 와서, 당신이 들려준 그 어린 날들을 확인하게 되는, 그런 시입니다.

저는 이 시의 당신이 어쩌면 당신이 아닐 수도 있겠다는 생각을 하기도 합니다. 그러니까, 당신의 고향집에 온 것이 아니라, 아주 오랜만에 나의 고향집에 돌아온 것이지요. 그렇게 읽는다면 이 시는 세월이 오래 흘러, 가까스로 나 자신을 견딜 수 있을 만큼 어른이 되고 나서야, 고향집과 그 고향집에 얽힌 자신의 과거를 다시 바라볼 수 있었다는 이야기가 될 겁니다.

정말 그렇지 않나요? 고향집이란, 그리고 고향집이 불러일으키는 생각이란, 충분히 어른이 되고 고향으로부터 멀리 떠나오고 나서야 할 수 있는 것이니까요.

한편으로는 저 목가적인 풍경은 확실히 저의 고향과는 참 다르다는 생각이 들기도 해요. 만약 제가 저의 고향집에 대해 시를 쓴다면 어떻게 될까요? 당신의 고향집에 오니 당신의 기억은 당신의 기억 속에만 남아 있군요. 같은 것이 되지 않을까요? 조금은 쓸쓸하지만, 그 쓸쓸함이 바로 고향의 가장 핵심적인 정서가 아닐까 싶기도 합니다.

오리 망아지 토끼

백
석

오리치를 놓으려 아배는 논으로 나려간 지 오래다

오리는 동비탈에 그림자를 떨어트리며 날어가고 나
는 동말랭이에서 강아지처럼 아배를 부르며 울다가

시악이 나서는 등뒤 개울물에 아배의 신짝과 버선목
과 대님오리를 모다 던져버린다

장날 아츰에 앞 행길로 엄지 따러 지나가는 망아지를
내라고 나는 조르면

아배는 행길을 향해서 크다란 소리로

—매지야 오나라

—매지야 오나라

새하려 가는 아배의 지게에 지워 나는 산으로 가며
토끼를 잡으리라고 생각한다

맞구멍난 토끼굴을 내가 막어서면 언제나 토끼새끼
는 내 다리 아래로 달어났다

나는 서글퍼서 서글퍼서 울상을 한다

◆ 《사슴》, 1936.

시골
작은 동물들

어렸을 때는 시골에 가는 걸 그다지 좋아하지 않았습니다. 컴퓨터 게임도 할 수 없고, 밥도 맛이 없고, 구례까지 가려면 대여섯 시간은 차를 타야 했으니까요. 불편한 이불, 불편한 화장실, 그 밖에 많은 것이 불편했으니, 명절 때만 되면 정말 입이 삐죽 튀어나오곤 했던 것 같습니다.

좋은 점도 있었습니다. 시골에는 강아지, 고양이, 소, 닭, 토끼 같은 동물들이 많았거든요. 도시에서 나고 자란 데다, 반려동물도 없던 저에게는 시골의 동물들만큼 관심 가고 즐거운 대상도 없었던 겁니다. 그래서 시골에 가면 우선 대청 마루 밑에 숨은 고양이들부터 먼저 살펴보고, 묶여 있는 개에게 찾아가 인사도 해보고, 집 뒤편 외양간의 소들을 보러 갔습니다.

저는 소가 무섭지만 좋았어요. 소는 눈이 참 크잖아요. 그렇게 커다란 눈은 살면서 처음 봤으니 무섭기도 했는데요. 하지만 어린 나이에도 소가 순한 동물이라는 것은 쉬이 알 수 있었습니다. 그 눈을 보면서 말이에요. 그 착하고 순한 눈을 하고 이리저리 움직이고 꼬리를 흔드는 소를 보는 일이 저에게는 시골에서 가장 재미있는 일이었어요.

정작 가장 열성적이었던 건 토끼에게 풀을 주는 일이었습니다. 작은 우리 안에 토끼들이 살고 있었는데요. 사람이 다가가면 밥을 주나 싶어서 철망에 코를 내밀곤 했습니다. 저와 동생, 그리고 또래의 사촌들은 여기저기서 풀을 뜯어다가 토끼에게 주었죠. 토끼들은 그걸 오물오물 먹었고요. 그게 얼마나 신나고 재미있는 일이었겠어요.

함께 사는 동물들이 마냥 귀여워서 키운 건 물론 아니었지요. 조금 전까지 밥을 주던 토끼가 밥상에 올라온다거나, 할머니가 닭 한 마리를 손에 들고 가시더니 닭볶음탕으로 저녁 식사를 하게 된다거나 그런 일들도 있었습니다. 그때는 도무지 내키질 않아서 먹지를 못했는데요. 동물을 키워서 잡아먹는다는 것을 처음으로 의식한 것도 시골에서의 경험 덕분이었던 것 같습니다.

동물과 식물이 모두 삶의 큰 부분을 이루는 것이 시골의 삶이죠. 다른 생물과 살아간다는 일이 무엇인지, 그리고 다른 생물을 먹는다는 것이 무엇인지, 당시에는 전혀 알 수 없었지만, 이후에 이런저런 책을 읽으며 배우는 동안 시골에서의 그 경험들이 저에게 큰 도움이 됐습니다.

백석 시인의 시에서도 이런 시골에서의 삶이 선명하게, 그리고 흥미롭게 드러납니다. 제목도 재미있죠. '오리 망아지 토끼'라니, 〈여승〉이나 〈여우난곬족〉과 같은 작품으로 알려진 백석의 작품과는 참 결을 달리하는 것 같습니다. 물론 〈나와 나타샤와 흰 당나귀〉를 생각하면 제목이 닮았다는 생각이 들기도 하지만요.

이 시는 고향에서의 삶과 아버지에 대한 추억을 동물들을 중심으로 떠올리고 있습니다. 제목대로 오리, 망아지, 토끼 세 동물을 통해서죠. 시의 화자는 아버지와 함께 오리를 잡으러 간 모양입니다. 아버지는 오리 잡는 덫을 놓으려고 논가에 갔는데, 화자는 따라가지 못했나 봅니다. 아마 논에 들어가기에는 너무 어린 나이였던 것 같습니다.

오리잡이라니, 아이가 얼마나 기대했겠어요. 그런데 휑한 논가에 홀로 덩그러니 남겨졌으니, 심통 나는 것도 당연한 일입니다. 그래서 이 시의 화자는 아버지를 연신 부르다가 화가 나서는 신발도 버선도 벗어던지고, 바지 대님마저 풀어버립니다.

또 다른 추억은 장날 아침입니다. 어미를 따라 걷고 있는 망아지가 보고 싶어서, 아버지에게 망아지를 불러달라고 조르는 장면이죠. 그러면 아버지는 매지야 오나라, 매지야 오나라, 이렇게 말하며 망아지를 크게 불러주십니다. 물론 그렇게 부른다고 망아지가 듣고 달려오지는 않을 것 같지만, 참 귀엽고 사랑스러운 장면이죠.

아버지가 나무하러 가는 날에는 또 아버지의 지게에 올라타서 함께 산을 오릅니다. 그리고 시의 화자는 생각합니다. 산에 가면 토끼를 잡겠다고요. 하지만 토끼를 잡으려고 토끼굴 앞에 서면, 토끼는 두 다리 사이로 쌩하고 달아나버리릴 뿐입니다. 어린 화자는 서글프고 서러워서 울상이 되죠.

　세 동물과 관련된 세 장면으로 이뤄진 시이면서 아버지에 대한 추억을 길어 올린 시이기도 합니다. 저는 백석의 시 가운데 이 시를 가장 좋아하는데요. 동물에 대한 호기심, 아버지에게 보여주는 철없는 모습, 그리고 아이의 투정을 받아들이는 아버지 등 여러 마음이 많은 말을 쓰지 않았는데도 선명하게 드러나기 때문입니다. 그리고 또 자연스럽게 그려지는 정다운 시골의 풍경도 좋고요. 겪어보지 못했는데도 그리운 느낌이 들게 하는 정겨운 장면입니다.

　못되고 나쁜 구석은 어디에도 없고, 모든 것이 평화롭게만 그려지는 시인데요. 그런데도 이 시가 슬프게 여겨지는 사람은 아마 저뿐만이 아닐 것 같습니다. 이 시가 슬픈 것은 이 순수함도, 이 평화로운 고향의 모습도 이미 사라져버린 풍경이기 때문일 겁니다. 돌아갈 수 없는 고향, 다시 볼 수 없는 정겨운 동물들, 만날 수 없는 아버지, 이런 그리움을 이 시가 숨기고 있기 때문이겠죠.

커피포트

장
이
지

　이건 아는 아이의 이야기. 자기가 대학 때 좋아했던 남자애 이야기래. 아는 것도 많고 취미도 비슷하고, 처음에는 키가 작아서 싫었는데, 이야기하다보니 더 좋아지더래. 뭐더라, 19세기를 배경으로 한 영국 영화도 함께 보고, D. H. 로렌스 소설에 대해서도 이야기했대. 차도 마시러 다니고. 네번째 만나는 날엔 땀을 뻘뻘 흘리면서 커피포트를 들고 왔다는 거야. 동문회 갔다가 받았다면서 자기는 있다며 주더래. 걔네 집이 신림이잖아. 지하철로 한 시간 거리지. 그땐 이미 그 남자애한테 빠져서 그게 또 좋아 보이더래. 예쁜 것은 아니지만, 실용적이고. 아무튼 그 아인 남자애를 자기집에 초대했대. 다섯번째는 자기집에서 보자고. 자자고는 하지 않았지만, 그게 그 소리지. 매일 문자로나마 연락하면서 지내다가 역사의 날이었는데, 갑자기 연락이 안 되더래. 전화도 받지 않고. 혹시 무슨 사고라도 난 게 아닌가 하면서 조마조마했대. 그래, 물론 집은 모르고. 그러고는 끝이지 뭐야. 벌써 십 년도 전의 일인데, 아직도 그러고 있다니까. 그러면서 그 아이가 그래. "그 커피포트는 뭐였을까?" 그러게, 그게 뭘까?

◆ 《레몬옐로》, 문학동네, 2018.

대체 그때 그 일은
뭐였을까

우리는 우리의 삶이 아주 평범하고, 특별한 일은 평범한 우리 삶에 일어나지 않으리라 생각합니다. 그럼에도 한두 가지 해결되지 않은 미스터리는 우리 삶에 남아 있곤 하지요. 저에게도 그런 미스터리가 있어요. 갑작스러운 이야기지만 저는 UFO를 본 적이 있습니다. 외계인이나 우주선을 봤다는 이야기는 아니에요. UFO라는 게 미확인 비행 물체라는 뜻이잖아요. 바로 그 미확인 비행 물체를 봤다는 이야기지요.

초등학생 시절의 어느 저녁이었고, 도서대여점에 만화책을 반납하고 돈이 없어 새로 빌리지는 못한 채 집으로 돌아가던 길이었어요. 손에 만화책을 들고 있었다면 만화책을 조금씩 보며 걸었을 텐데, 그럴 수 없었으니 그냥 멍하니 걷고 있었죠. 그런데 무심코 올려다본 하늘에서 무언가 이상한 것을 보았습니다. 슬슬 저녁이 올 시간이었지만 아직 노을이 진 것은 아니었어요. 그런데 하늘 위에 불이 떠 있었습니다. 촛불 모양이라고 해야 할까요, 물방울 모양이라고 해야 할까요. 촛불이라고 볼 수밖에 없는 무엇인가가 하늘 굉장히 먼 곳에 있었어요. 지금도 그 장면이 선명하게 기억납니다. 하지만 그게 무엇이었는지는 그때나 지금이나 도무지 알 수가 없어요.

대체 그건 무엇이었을까요. 그렇게나 먼 하늘에서 보이는 것이었다면 저 말고도 본 사람들이 있었을 텐데, 다음 날 학교에서도, 어디에서도 그 이야기를 꺼내는 사람은 없었어요. 그렇게 그때 본 UFO는 지금도 풀리지 않는 수수께끼로 남아 있습니다.

초자연적인 현상만이 미스터리인 것은 아니지요. 저에게는 그보다 더 많은 수수께끼들이 남아 있습니다. 그때 그 아이는 내게 왜 그렇게 화를 냈을까, 그 사람은 왜 갑자기 나에게 헤어지자고 했을까, 그 애는 왜 그런 선택을 했던 것일까. 도무지 헤아릴 수도 없고 짐작할 수도 없는 일들이 우리의 삶에는 참 많이 일어나잖아요. 심지어 우리는 우리 자신에 대해서도 알 수 없는 일투성이입니다. 그때 나는 왜 그렇게 예민하게 반응했는지, 혹은 왜 어느 순간 갑자기 그토록 뜨겁던 마음이 식어버렸는지, 지금도 알지 못합니다.

장이지 시인의 시도 마찬가지로 그런 수수께끼를 이야기하고 있습니다. 마음이 통하고 서로 연락을 나누기 시작하던 두 사람의 이야기지요. 한 시간 거리나 되는데 굳이 찾아와서 커피포트를 주고 가고, 또 그런 어색하고 뜬금없는 선물을 고맙게 받아들게 되는 그런 사이. 그런데 서로의 사이가 더 깊어지려 하기 전에, 갑자기 상대방이 사라졌다면, 그건 무슨 일일까요. 사고가 난 것인지 마음이 변한 것인지 알 수도 없고, 그렇게 미스터리는 풀리지 않은 채로 남게 되는 시입니다. 10년이 더 지나고서도 여전히 그때 그 일이 어떻게 된 것인지 궁금해하는 것이죠. 이런 말을 남기면서요. "그 커피포트는 뭐였을까?" 이렇게요. 그런데 정말 그렇죠. 대체 뭐였을까요, 그건.

롤랑 바르트의 《사랑의 단상》에 실린 한 가지 일화가 떠오릅니다. 중국의 한 선비가 기녀를 사랑하게 되었는데, 기녀는 선비에게 이렇게 말하죠. 당신이 매일 밤 우리 집 정원 창문 아래 의자에 앉아 백 일 밤을 기다리며 지새운다면 나는 당신의 것이 되겠다고요. 그런데 아흔아홉 번째 되던 날 밤, 선비는 자리에서 일어나 의자를 팔에 끼고 그곳을 떠났다는 이야기입니다. 이 또한 알 수 없는 수수께끼죠.

이 모든 수수께끼는 알고 보면 아무것도 아닌 이야기일지도 모릅니다. 커피포트를 주고 간 그 사람은, 관계가 정말 깊어지려 하니 막상 두려움을 느끼고 잠적을 한 것일 수도 있을 테고, 롤랑 바르트의 이야기 속 선비도 사랑이 완성되는 순간을 두려워한 것일 수도 있겠죠. 물론 우리의 예상을 뛰어넘는 이상한 일이 벌어진 것일 수도 있겠지만요. 그러나 저는 그 일들의 진상이 무엇이든, 그걸 알고 싶지 않기도 합니다.

수수께끼라는 게 그렇잖아요. 그것이 풀리는 순간, 모

든 신비는 사라지고 남루한 우리의 현실이 육박해올 뿐이지요. 커피포트를 받았다는 그 친구가 10년이 더 지나고서도 그 남자를 기억하게 되는 것은 그것이 미스터리로 남아 있기 때문일 거예요.

합주

정끝별

혼자서는 느리거나 빠르다

둘이면 조금 빨라지고
셋이면 조금 더 빨라진다

사랑에 빠질 때도
사랑이 빠질 때도

둘의 박동은 심장을 건너뛰고
셋의 박동은 심장을 벗어나기도 한다

희망이 달려갈 때도
희망이 달아날 때도

셋이면 경쟁이 되고
넷이면 전쟁이 된다

여럿이 부르는 신음을
우리는 화음이라 한다

♦ 《봄이고 첨이고 덤입니다》, 문학동네, 2019.

혼자인 게
더 편하더라도

'혼자서도 잘해요'라는 TV 프로그램을 아세요? 제가 초등학교에 입학할 즈음 시작한 방송인데요. 아침마다 등교전 방송을 조금씩 보다가 나섰던 기억이 나요. 여는 곡에서 "거야, 거야 할 거야 혼자서도 잘할 거야" 하는 부분은 지금도 부를 수 있고요, '늦돌이'나 '삐약이' 같은 캐릭터도 떠오르네요.

혼자서도 잘한다는 문장이 의미하는 것은 어른에게 많은 것을 의지해야만 하는 아이의 시절을 벗어나, 점차 독립된 인간으로 자라난다는 것이겠지요. 성장은 그런 거잖아요. 혼자서도 살 수 있는 거. 외로워도 견딜 수 있는 거. 저도이제 어지간한 일들은 혼자서도 잘할 수 있는 어른이 되었습니다. 자신의 삶을 혼자서 어느 정도 감당할 수 있는 사람을 어른이라고 부른다면, 저 역시 어른이긴 할 거예요. 체감이 썩 잘 되지는 않지만요.

그래도 밥도 혼자 차려 먹을 수 있고, 관공서나 은행 업무도 혼자 볼 수 있고, 혼자 있는 시간을 견디지 못하는 일도 없습니다. 하지만 혼자서 모든 일을 다 해낼 수 있다고 해도, 혼자서는 역시 외롭고 쓸쓸할 뿐입니다. 어른은 혼자서 삶을 꾸릴 수 있는 사람이지만, 사람이란 혼자서는 살 수 없는 생물이기도 하잖아요. 그래서 우리는 누군가를 만나고, 사랑하거나 미워하며 살아가는 것이겠죠. 그렇게 보면 혼자서도 잘해요, 라는 말은 참 쓸쓸한 말이기도 합니다.

혼자 보내는 시간을 좋아하는 편이고, 혼자 있는 게 마음이 훨씬 편할 때가 많지만, 줄곧 고독한 상태로 있는 편이 더 낫다는 말은 아니에요. 글쓰기는 기본적으로 타인과의 소통이고, 지금 이렇게 시를 읽고 삶에 대해 이야기하는 것 역시 제가 소통을 바라고 있기 때문이잖아요.

정끝별 시인의 시 〈합주〉는 홀로 있음과 함께 있음에 대해 생각하도록 하는 시입니다. 첫 문장부터 인상이 깊은데요. "혼자서는 느리거나 빠르다"라는 문장이요. 혼자 있기 위해서는 다른 사람보다 느리게 걷거나 빠르게 걸을 수밖에 없는 거잖아요. 발을 맞춰 걸어야만 함께 있을 수 있다는 이야기를 조금 다른 각도에서 전하고 있습니다. 그런데 시인은 거기서 멈추지 않고 더 이야기하죠. "둘이 있으면 조금 빨라지고/ 셋이면 조금 더 빨라진다"고요. 함께하는 일은 이렇게 심장의 박동이 높아지는 일, 가슴이 뛰는 일일 수밖에 없습니다. 그것이 기쁨이든, 혹은 슬픔이든 마찬가지예요.

시인은 사유를 성큼성큼 밀고 나가지요. "셋이면 경쟁이 되고/ 넷이면 전쟁이 된다"고요. 어떤 철학자의 말처럼 두 사람의 공동체는 사랑의 공동체의 형상이 될 거예요. 하지만 셋이 되면 그때부터는 최소한의 사회로서의 형태를 갖추게 됩니다. 그러니 경쟁이 생겨날 수밖에 없지요. 게다가 넷이 되면 둘씩 편을 나눌 수도 있게 되니까요. 그것은 전쟁이라는 은유가 설명하듯 집단과 집단의 대립을 만들어낼 수 있게 됩니다. 단순하지만 여러 생각을 불러일으키는 문장이지요.

갈등과 대립을 꼭 부정적인 것으로만 볼 수는 없습니다. 시인이 말하듯, 여러 사람이 엉키고 부딪히며 만들어내는 소리와 신음이 모이면 조화로운 화음이 될 수 있으니까요. 서로 다른 것들이 모여 만들어지는 어떤 균형을 화음이라고 한다면, 우리의 삶은 언제나 모종의 화음을 이루는 것이라고 할 수 있을 거예요. 가정에서는 가정의 화음을, 직장에서는 직장의 화음을 구성하고 있는 셈이죠. 물론 시인이 말하듯, 그것은 저 자신의 신음이기도 하겠지만요.

혼자서도 잘할 수 있게 된다는 것은 이렇게 화음을 만들어나가기 위해 필요한 일일 거예요. 서로 다른 소리를 내야만 화음이 만들어지니까요. 다른 사람들과 구분되기 위해 혼자 서는 거죠. 혼자 서는 것을 자립이라고 하잖아요. 그리고 생각해보게 됩니다. 제가 정말 이 화음이 만들어지는 데 기여하고 있는지 말이죠. 끙끙 앓는 소리를 내는 데는 자신있긴 한데요. 어쩌면 시인은 이렇게 불평과 불만을 표현하는 일 자체가 우리의 삶을 조화롭게 만드는 일이라고 말하고 있는 것은 아닐까요.

　하나의 시를 읽어도 우리는 여러 방식으로 읽을 수 있을 거예요. 그리고 그렇게 서로 다른 읽기들이, 함께 말하기를 통해 교차된다면, 그건 분명 일종의 화음이 될 수 있을 겁니다.

초대장 박쥐

안
미
린

미래의 약도가 은박지라면
박쥐로 접어놓은 은박지라면
신(神)의 그림자는 은박지의 뒷면이겠지

아랫집 아이가 아래로 이사를 하면
거울 접시를 천장처럼 믿고 싶어져
아랫집 아이보다 아래로 이사를 하고
낮은 미로를 깊이처럼 풀어 두었어

네가 방에 없을 때 내 방의 불을 켤까
지도 위로 비스듬한 자세들을 불러 모을까
지도를 구길 때마다 지름길이 생길 테니까
입술을 깨물 때마다 층계가 생길 테니까

모두와 걷는 일은 무릎을 감싸 안는 일,
인간과 사람을 동시에 웃겨 보는 일,
두 줄 그어 삭제한 손금을 지도 밖으로
미래 가까이 옮겨 놓는 일

네 연한 그림자가 네 어린 신(神)이 된다면
이제 그는 첫 세계를 통과할 테니
내가 방에 없을 때 네 방의 불을 켤까
빛을 움켜쥔 박쥐가 박박 날아오를까

세계가 미지의 차원처럼 구겨졌을 때
미래에서 멀어지는 약도를 완성한다면
어서 와!
앞으로 우리가 만날 장소가 바로 흉터야

◆ 《빛이 아닌 결론을 찢는》, 민음사, 2016.

은박지로
할 수 있는 일

껌 좋아하시나요? 저는 껌을 그다지 좋아하지 않아요. 어릴 적 기억이 지금까지 이어져 오고 있기 때문인데요. 어릴 때는 껌이 조금 무섭기도 했습니다. 껌은 먹으면 꼭 뱉어야만 하잖아요? 그런데 입에 들어온 것을 뱉는다는 일 자체가 전혀 익숙한 일이 아니었거든요. 집에서는 자주 군것질할 수 없었고, 간혹 하더라도 과자나 음료수를 먹었지 껌은 먹은 적이 없었어요. 그러니 누가 껌을 주면 그걸 단물이 빠지도록 다 씹고 나서도 처치 곤란인 채로 계속 입에 물고 있었던 거예요. 껌을 뱉지도 못하고 입에 문 채로 잠들었다가 머리나 베개에 껌이 붙어 어머니가 종종 고생하시기도 했죠. 껌을 그냥 삼켜서 먹어버리기도 했어요. 이러니 껌을 무서워하지 않을 수 있었을까요.

입에 들어온 것을 뱉는 걸 도무지 상상할 수 없던지라, 차라리 그냥 먹어서 치우는 게 마음이 편했던 것이지요. 누군가에게 물어보기라도 했으면 쉽게 해결되었을 것을, 그조차 두려운 마음에 묻지 못하고, 혼자 고민하다 그냥 껌을 삼켜버리는 아이의 모습이라니. 제 얘기지만 참 안쓰럽게 느껴지네요. 그런 탓에 지금도 껌을 즐기는 편은 아닙니다. 다만 누가 껌을 주면, 껌을 싼 은박지를 주머니에 잘 챙겨놔요. 이걸 어딘가에 제대로 잘 버려야만 한다는 생각에 노심초사하거든요.

저는 너무 말을 잘 듣는 아이였습니다. 원래 알고 있던 규범과 어긋나는 일을 좀처럼 하지 못했어요. 점차 자라면서 나름의 방식으로 삐딱하게 사는 법을 배워가긴 했지만, 그래도 주변 사람들에게 성실하다는 말을 듣는 것이 부끄럽기도 했습니다. 성실하다는 말은, 재미없다는 말과 마찬가지로 들렸으니까요.

때로는 반성을 하는데요. 입속의 껌 하나도 어쩌질 못해서 머리에 껌이나 붙이는 게 저라는 사람의 본질과 가까운 걸까. 그래도 나름 시인이고, 예술가인데 이렇게 꽉 막힌 머리를 갖고 살아도 되는 것일까, 그런 부끄러운 콤플렉스를 느끼게 되는 거예요. 이중섭은 은박지에 그림을 그리기도 했다는데, 그런 분은 역시 은박지 하나를 봐도 생각하는 것이 다르구나, 하게 되니까요. 물론 이중섭 작가의 경우, 껌을 싸는 은박지가 아니라, 담배 은박지에 그림을 그린 것이지만요.

안미린 시인도 저보다는 훨씬 자유로운 상상력을 가진 사람이 아닐까 싶어요. 아마 시인은 은박지의 접힌 모양을 보며 박쥐를 떠올렸을 거예요. 동시에 그것이 어떤 약도처럼 보인다고도 생각했을 테고요. 아주 사소한 발견에서 출발한 이 시는 거침없이 상상력을 밀고 나갑니다. 은박지의 앞면과 뒷면은 세계의 비밀을 숨긴 공간이 되고, 자유롭게 없는 세계들을 불러들이며 그 약도를 그려나가고 있지요.

내 손안의 은박지는 세계로 뒤바뀌고, 내 운명을 정하는 손금은 내가 스스로 지우고, 다시 미래의 약도를 새로 그리는 이런 진취적인 상상력이야말로 시가, 그리고 예술이 해야 하는 일 아닐까요. 안미린 시인의 시를 읽으며 입이 쩍 벌어지는 경험을 했던 것은 바로 이런 자유로운 상상력 덕분이었어요.

하나의 은박지로도 이렇게 할 수 있는 일이 많다는 것이, 저에게는 참 놀라운 일이고, 또 배워야 할 부분이라고 생각합니다. 상상력을 배울 수 있는지는 잘 모르겠지만요.

천변에서

신
해
욱

당신은 무슨 일로
그리합니까?
홀로이 개여울에 주저앉아서
—김소월, 〈개여울〉

이쪽을 매정히 등지고
검은 머리가 천변에 쪼그려 앉아 있습니다

산발입니다

죽은 생각을 물에 개어
경단을 빚고 있는 것처럼 보입니다

동그랗고
작고
가차 없는 것들

차갑고
말랑말랑하고

당돌한 것들

나는 기다리고 있습니다

계핏가루 콩가루
빵가루
뇌하수체 가루
알록달록한 고물이 담긴 쟁반을 받쳐 들고 있습니다

—나눠 먹읍시다!

나눠 먹읍시다 메아리도 울리는데

검은 머리는 뒤를 돌아보지 못합니다
검은 머리만 어깨 너머로 흘러내립니다
이크, 몇 오라기가
경단에 섞였는지도 모릅니다

쟁반을 몰래 내려놓고

머리를 땋아주는 일이 먼저일 것 같습니다

검은 머리가 삼손의 백발이 될 때까지
백발마녀가 라푼젤로 환생할 때까지
그다음엔
그다음엔 꼭 나눠 먹읍시다

어제의 네가
오늘을 차지하고 있어서
오늘의 나는
이렇게 기다리는 수밖에 없습니다

♦ 《무족영원》, 문학과지성사, 2019.

생각을
손에 쥐고

김소월의 시 〈개여울〉은 1970년대에 정미조가 곡을 붙여 불러, 많은 사랑을 받았습니다. 아이유가 리메이크를 하기도 했지요. 저는 노래와 시 모두 아주 좋아합니다.

당신은 무슨 일로
그리합니까?
홀로 이 개여울에 주저앉아서

파릇한 풀포기가
돋아나오고
잔물은 봄바람에 헤적일 때에

가도 아주 가지는
않노라시던
그러한 약속이 있었겠지요

날마다 개여울에

나와 앉아서

하염없이 무엇을 생각합니다

가도 아주 가지는

않노라심은

굳이 잊지 말아 달라는 부탁인지요

　　　　　－김소월 〈개여울〉

　　누군가 개울가에 주저앉아 있어요. 그걸 보며 묻습니다. 대체 무슨 일이냐고요. 봄이라 날이 아주 좋고, 풀도 푸르고, 물도 반짝이는 이런 때에 말이에요. 그러면서 속으로 이렇게 생각하는 거지요. 가긴 하지만 아주 가지는 않겠다는, 그런 약속이 있었을 것이라고요. 말이 참 절묘하죠. 가도 아주 가지는 않겠노라는, 그런 약속이 있었을 거라니요. 언젠가 돌아온다는 님을 생각하시는 건가요. 그냥 그렇게 물었다면 이런 맛이 도무지 살지는 않았을 거예요. 그런데 이 시는 다음 연으로 넘어가면 다시 살짝 변해요. 날마다 개여울에 나와 앉아 있는 사람이 '나'로 은근슬쩍 바뀌는 거예요. 그 지점이 또 아주 절묘하고 재미있어요. 그러니까 이 시에는 개울가에 앉아 님을 그리워하는 나와, 기약 없이 기다릴 뿐인 자신에 대해 생각하는 내가 동시에 그려지고 있는 겁니다. 떠나간 님을 그리워하는 것은 김소월의 시에서 적지 않게 나오지만, 가장 재미있는 구도를 보여주는 시라고 생각합니다.

신해욱 시인의 시 〈천변에서〉는 〈개여울〉에서 출발한 시입니다. 김소월이 그린 장면을 보다 감각적인 방식으로 흥미롭게 보여주고 있지요. 이쪽을 매정하게 등지고 앉은 검은 머리 사람의 뒷모습에서 시가 시작하죠. 그 사람은 산발을 하고 있네요. 산발하고 천변에 앉은 사람을 떠올려보세요. 그 사람이 얼마나 황망하고 정신이 없는 상황인지 상상이 될 거예요. 그런데 그 사람이 그러고 있는 모습을 보고, 시인은 죽은 생각을 물에 개어 경단을 빚고 있는 것 같다고 말하죠. 이미 끝나버린, 더는 돌이킬 수 없는 일을 생각하는 거예요. 그 생각을 손에서 놓지 못하고 계속 조물조물 만지고 있어요. 가망 없는 일을 생각하는 장면을 너무 절묘하게 표현하지 않았나요?

어떤 일이 완전히 끝나버렸을 때, 더는 돌이킬 수 없을 때, 우리는 그 일을 총체적으로 사고하지 않죠. 아주 작은 부분들에 매달리며, 그 작은 일들을 어떻게 할 수 있었을지 생각하고, 그것이 무슨 의미였는지 떠올리며 끝나지 않는 생각에 빠져버리는 거예요. 저는 자주 그래요. 이미 끝난 일, 이미 해버린 말 같은 것들을 떠올리며 친구에게, 혹은 가족에게 그런 말을 하지 말걸, 후회하고요. 이미 결과가 나온 일에 대해 생각하며 그때 다른 방식으로 생각하고 접근

해볼걸, 고민합니다. 아니면 들을 때는 무심코 지나쳤던 어떤 말을, 시간이 지나 두고두고 곱씹으며 그것이 무례한 말이었다는 것을 깨닫고 자책하기도 하죠.

생각을 계속 손에 쥐는 거예요. 이미 끝나버린 것을 알면서도, 이미 끝나버렸기에 더 오래 생각을 하고, 생각을 손에서 놓지 못하는 거죠. 그래서 시인이 말하는 것처럼, 그 생각들은 작고 동그랗지만 가차 없는 것일 수밖에 없습니다. 골똘히 생각에 잠기는 일을 이만큼 절묘하게 잘 그려낸 시는 없는 것 같아요. 우리는 사랑이든 사랑의 아픔이든, 다른 무엇이든 끊임없이 생각하며 살아가고 있습니다. 여러분은 어떠신가요. 무슨 생각을, 그리고 어떤 일을, 다 끝나버리고도 놓지 못하고 손에 쥐고 있나요? 그 생각 자체를 그만둘 필요는 없을 거예요. 그렇게 생각을 계속 이어가는 만큼, 어떤 마음은 계속 살아 있는 것일 테니까요.

추운 산

춥다. 눈사람이 되려면 얼마나 걸어야 할까? 잡념과 머리카락이 희어지도록 걷고 밤의 끝에서 또 얼마를 걸어야 될까? 너무 넓은 밤, 사람들은 밤보다 더 넓다.

사물에 이름을 붙이고 즐거워하는 사람들
이름을 붙여야 마음이 놓이는 사람들
이름으로 말하고 이름으로 듣는 사람들
이름을 두세 개씩 갖고 이름에 매여 사는 사람들

깊은 산에 가고 싶다. 사람들은 산을 다 어디에 두고 다닐까?
혹은 산을 깎아 대체 무엇을 메웠을까? 생각을 돌리자, 눈발이 날린다.

눈꽃, 은방울꽃, 안개꽃, 메밀꽃, 배꽃, 찔레꽃, 박꽃

나는 하루를 하루종일 돌았어도
분침 하나 약자의 침묵 하나 움직이지 못했다.
들어가자, 추위 속으로.

때까치, 바람새, 까투리, 오소리, 너구리, 도토리, 다
람쥐, 물

◆ 《무인도를 위하여》, 문학과지성사, 1977.

눈사람이
되기까지

마지막으로 눈사람을 만든 게 언젠지 기억하시나요? 저는 기억나지도 않을 정도로 오래전 일입니다. 초등학생 때일 거예요. 중학생 때는 분명 만들지 않았던 것 같고요. 중학생 시절의 저는 쓸데없이 시니컬한 구석이 있었던지라 눈사람 만들기는 어린애 놀이라고 생각했던 것 같습니다. 그냥 평범한 중2였던 거죠. 아마 대부분 그즈음 눈사람 만들기를 그만두지 않나 싶어요. 애들 놀이는 그만하고 어른처럼 살고 싶다는 생각을 할 때가 그즈음일 테니까요.

눈사람 만들기가 쉬운 일은 아니지요. 주먹만 한 눈 뭉치를 만드는 것도 만만한 일은 아니잖아요. 은근히 잘 뭉쳐지지도 않고, 눈을 뭉치다 보면 손이 새빨갛게 얼어버리니 진척이 빠르지도 않아요. 그래서인지 저는 몇 번 시도는 해봤지만 성공한 적은 거의 없었던 것 같아요. 주먹만 한 몸통을 가진 작은 눈사람 정도야 만들어보기도 했지만요.

눈을 굴리다 보면 그저 무념무상의 상태에 이르게 됩니다. 눈을 굴리는 일조차 즐거운 시절이 아니라면 눈사람 만들기는 고단한 일인 거예요. 불교에서 말하는 삼매라는 것은 마음을 비우고 생각에서 벗어나는 일을 가리키는데요. 역시 어린아이가 아니라면 삼매에 도달하기 어려울 것 같아요. 어른은 잡념이 많으니까요.

눈사람을 말하다 삼매 이야기까지 하게 된 것은 신대철 시인의 시가 바로 그런 지경의 이야기로 읽히기 때문입니다. 〈추운 산〉은 눈사람이 될 때까지 겨울 속을 걸어가는 사람을 그리고 있어요. 그 사람은 사람들을 등지고 산으로 갑니다. 사물에 이름을 굳이 붙여야만 즐겁고 마음이 놓이는 그런 사람들을요. 세상에 넘쳐나는 말들로부터 떠나 인적 없는 깊고 추운 산으로 가고 싶다고, 시의 화자는 말합니다.

눈사람이 되고 싶은 마음은 어떤 마음일까요? 눈사람을 만드는 마음과는 비슷하면서도 다른 마음일 것 같아요. 눈사람을 만드는 마음이 눈 굴리기를 계속하다 마음을 다 비우게 되는 일이라면, 눈사람이 되고 싶은 마음이란 도저히 마음이 비워지지 않아서 떠올리는 것일 테니까요. 시인은 잡념을 비우려는 듯 산속의 자연물들을 떠올립니다. 꽃과 새, 다람쥐와 물 같은 것들을요.

이 대목이 참 아이러니하다고 생각했어요. 사람들은 사물에 이름을 붙여야 마음이 놓이고 즐거워한다고 했잖아요. 말하자면 시인은 사물의 이름이란 허위에 불과하다는 생각을 품은 거죠. 허위로 가득한 세상을 등지고 싶은 마음을 사물의 이름을 이야기하며 전하고 있는 거예요. 하지만 시인은 자연을 떠올리면서 바로 그 이름을 불러보고 있습니다. 사물의 이름이 아니면 자연을 떠올리기란 매우 어렵고, 시로 표현하는 것은 거의 불가능하니까요. 아이러니하지 않나요?

시인이 의도하지 않았을 이 모순이야말로 시라는 양식의 본질적인 어려움을 말하는 것 같기도 합니다. 인간의 문화와 삶이란 저 이름들, 그러니까 허위가 아니고서야 좀처럼 성립되지 않으니까요. 그 삶엔 시도 포함됩니다. 시인은 사물의 이름도 없고 시조차 없는 곳을 꿈꾸고 있습니다. 글쎄요. 정말 그게 가능한 일일지는 모르겠어요. 하지만 무슨 마음인지 알 것 같습니다.

그러니까 삼매, 그리고 무아지경이 필요한 거죠. 잡념을 버리고, 나를 버리고, 고요함과 적막의 세계로, 그렇게 나아간다면 진정한 의미에서의 평화가 찾아올 수는 있을 거예요. 하지만 진정한 평화를 진정으로 원하는가 가만 생각해보면 꼭 그렇지 않기도 해요. 저는 힘들고 심란한 게 싫을 뿐이니까요. 그리고 무엇보다 말이 없는 세계에서는 이렇게 시를 읽고 함께 이야기하는 일도 불가능하잖아요? 그러니까 우리는 추운 산을 생각하면서, 추운 산에 좀처럼 들어가지는 못하는 채로, 서로 이야기해요. 더 나은 삶과 더 나은 내일에 대한 희망을 버리지 않은 채로요.

귀신 하기

많이 좋아하면 귀신이 돼

복숭아 귀신 곶감 귀신 그런 것이 한집에 둘이면 곤
란하다
그렇다고 같이 사는 게 귀신이 아니면 조금 어색하다

약봉지가 서랍 하나를 다 채울 정도로 많아지기에
자네, 이제 약 귀신이 되려나 인사했더니
좋아하는 것이 없어 약을 먹기 시작했네, 빙그레 웃
었다
좋아는 하는데 귀신은 되지 않으려고 그러네,
몸이 힘들어 약을 먹어야 한다네, 모를 소리를 하고
그러고는 출근해버렸다

퇴근하면서 가끔
술이며 초콜릿을 가져다주기도 하니
소원이 있거나 겁이 많은 친구일 것이다
읽고 쓰는 것을 좋아하면서
귀신이 안 되려고 노력하는 모양이 안됐다

기껏
인간을 너무 좋아하는 것이 가엾다

◆ 《희망은 사랑을 한다》, 문학동네, 2020.

귀신은
뭐 하나

'전설의 고향'을 많이들 아실까 싶어요. 1970년대 말에 시작되어, 매년은 아니지만 2000년대에 이르기까지 꾸준하게 이어져 온 방송이니 어쩌면 '전설의 고향 세대'라는 말도 있을 법하겠죠. 그렇다면 전설의 '내 다리 내놔'를 보신 분이 계실지도 모르겠네요. 저는 나이상으로는 '전설의 고향 2세대'쯤은 된다고 할 수 있을 텐데, 사실 제대로 본 적은 한 번도 없어요. 귀신을 무서워하는 것은 아니지만, 귀신이 나오는 영상은 보고 싶지 않은 마음이랄까요. 사실 귀신이 무섭지 않은 것도 귀신이 존재하지 않는다고 생각하기 때문이지, 귀신을 연상시키는 영화는 별로 보고 싶지 않습니다.

이렇게나 꺼리면서도 시에는 귀신이라는 말을 종종 씁니다. 귀신은 참 좋은 소재이긴 해요. 사람이 죽고 나서도 그 뜻이 남아 현실에 영향을 준다는 아이디어잖아요. 마음과 죽음이라는 두 키워드로 뽑아낼 수 있는 이야기가 얼마나 많겠어요. 동서고금을 막론하는 보편적인 주제일 거예요. 하지만 동서양의 차이가 있긴 하죠. 서구의 귀신이 일종의 악을 수행하는 위치에 선 것이라면, 동양의 귀신은 마음이 깊어 한이나 원한을 풀기 위해 남은 존재니까요. 아마 서구는 개신교의 영향이겠지만, 그리스 로마 신화를 보면 꼭 그렇지만은 않죠. 이와 관련한 좋은 분석이 어디 있을 텐데, 아직 제대로 본 적은 없네요.

'전설의 고향'에 나오는 귀신 이야기들도 대체로 이런 원한과 미련을 주되게 다룹니다. 그뿐만 아니라 우리가 알고 있는 많은 귀신 이야기가 그렇고요. 동화책으로도 나온 《장화홍련전》도 이러한 원한의 이야기니, 우리는 미련과 한에 어릴 적부터 익숙했다고 할 수 있겠네요.

무슨 마음일까요. 죽어서도 미련이 끝나지 않으리라는 이 마음은. 누군가의 미련이 죽어서도 남아 있으리라 믿게 되는 그런 마음은. 그런 사람의 마음이란 정말 대체 무엇일까요.

김복희 시인의 시 〈귀신하기〉는 그 원한과 미련과 비슷한 맥락에서, 하지만 또 다른 층위에서 귀신이라는 말을 사용하고 있죠. "많이 좋아하면 귀신이 돼"라는 첫 문장부터 참 묘해요. 좋아하는 걸 귀신 앞에 붙여 복숭아 귀신이니 곶감 귀신이니 하는 말을 쓰잖아요. 저는 수박 귀신이었어요. 그래서인지 이 시를 읽었을 때는 복숭아 귀신이라거나 곶감 귀신이라는 말이 참 귀엽게 여겨지기도 했습니다.

그런데 마냥 귀엽게 보기만은 어려운 거예요. 앞의 맥락에서 비슷하게 하는 말이 있잖아요. 곶감에 한이 맺힌 귀신이 붙었느니, 곶감 못 먹고 죽은 귀신이 붙었느니 하는 말이요. 그러니까 복숭아 귀신이라는 말의 뜻은 사실 복숭아를 못 먹어 한이 맺힌 마음을 가리키는 말이고, 곶감 귀신이라는 말도 그런 한 맺힌 마음을 말하는 겁니다. 그렇게 생각하면 많이 좋아하면 귀신이 된다는 말이 슬프고 무섭게 느껴지지요.

무엇인가를 깊게 사랑하는 마음이 결국 우리를 슬픈 존재로 만들어버리는 거예요. 사랑을 이루지 못한 채로 죽은 처녀 귀신, 어머니를 그리워하는 동자 귀신 같은 것들처럼, 우리의 깊은 사랑이, 많이 좋아함이 우리를 귀신으로 만들어버릴 수도 있는 거지요. 시가 조금 더 진행되면 귀신이라는 말이 갖는 여러 겹의 슬픔이 조금씩 풀려나옵니다. "약귀신이 되려나" 하고 약을 잔뜩 먹는 친구에게 말을 건넨다거나, 귀신이 되지 않으려 약을 먹는다거나 하는 말들요. 여기에는 방금 이야기한 귀신 이야기가, 귀신보다도 무서운 우리 삶의 어려움과 겹칩니다.

"읽고 쓰는 것을 좋아하면서/ 귀신이 안 되려고 노력하는 모양이 안됐다/ 기껏/ 인간을 너무 좋아하는 것이 가엾다"는 시의 결구는 뭐라고 할 수 없이 막막해요. 우리를 귀신으로까지 만드는 그 좋아하는 마음과, 귀신이 되지 않으려고 계속 인간으로 있으려고 애쓰는 그 친구의 처지가, 그리고 그 친구를 바라보는 시적 화자의 마음이 모두 뒤섞여버리는 대목입니다. 정말 시인은 어쩌자고 시집의 여는 시로 이렇게 마음을 두들겨서 마비시키는 시를 배치했을까요. 너무 잘한 배치인데, 처음부터 너무 혹사하는 배치이기도 하네요. 하지만 이런 얼얼함이 또 시가 줄 수 있는 기쁨이기도 하겠죠.

좋아하는 마음은 슬픈 마음이 되고, 슬픈 마음은 이렇게 우리 삶 어딘가를 유령처럼 떠돌겠지만요. 그 떠도는 마음까지 함께 품고 가는 것이 우리의 삶일 겁니다.

이 짧은 이야기

한 걸음이라도 흠잡히지 않으려고 생존하여 갔다.

몇 걸음이라도 어느 성현이 이끌어 주는 고되인 삶의
쇠사슬처럼 생존되어 갔다.

아름다이 여인의 눈이 세상 욕심이라곤 없는 불치의
환자처럼 생존하여 갔다.

환멸의 습지에서 가끔 헤어나게 되며는 남다른 햇볕
과 푸름이 자라고 있으므로 서글펐다.
서글퍼서 자리 잡으려는 샘터, 손을 잠그면 어질게
반영되는 것들.
그 주변으론 색다른 영원이 벌어지고 있었다.

◆ 《김종삼 전집》, 나남, 2005.

죄와
벌

저에게는 착한 사람으로 살아야 한다는 강박이 있었습니다. 타인의 부탁을 거절하지 못했고, 어디서나 제 얘기를 할 때 꼭 붙는 평가는 '착하다'였습니다. 다들 알다시피 타인에게 듣는 착하다는 말은 만만하다는 뜻과 다를 바 없죠. 알고 있었어요. 제가 그냥 만만한 애였다는 것을요. 그렇다고 만만한 애 노릇을 그만둬야겠다 생각한 적도 없었습니다. 남을 불편하게 하느니 그냥 만만한 상태로 있는 게 편했거든요.

어머니가 종종 회상하시는 제 어릴 때 이야기가 있어요. 아마 네 살이나 다섯 살쯤이었을 거예요. 옆집에 저와 동갑인 영대라는 남자아이가 있었어요. 그 친구가 자주 저를 괴롭혔다고 해요. 그래서 영대 어머니도 항상 미안해했고요. 보다 못한 어머니가 하루는 말씀하셨습니다. 영대가 괴롭히면 너도 영대를 같이 때리라고요. 그때 제가 이렇게 답했다고 해요. 그러면 영대가 아프잖아요.

어머니는 이 이야기를 제가 참 착하고 사랑스러운 아

이였다는 뜻에서 말씀하곤 하시지만, 저에게는 이 이야기가 제 근본적인 문제점을 지적하는 것만 같았어요. 저는 나쁜 사람이 되는 걸 무서워하고 있던 거예요. 그러니 그냥 만만한 애가 되는 편이 더 나았던 거고요. 꼭 저만 그런 것은 아닐 거예요. 크든 작든 우리는 착한 사람이 되려고, 나쁜 짓을 하지 않으려고, 궁극적으로는 죄책감을 느끼지 않으려고 어떤 일을 하지는 않잖아요.

저는 죄책감을 자주 느끼는 편입니다. 우리 주변에서 벌어지는 일에 조금이라도 관심이 있다면, 크든 작든 죄책감이 없기란 어려운 일이죠. 현대인으로 살아가는 건 죄책감을 처리하는 방식을 익혀나가는 일이 아닐까 싶기도 해요. 그래서 저는 플라스틱 사용을 줄이려 애쓰는 편이고, 마음이 쓰이는 곳에 매달 조금씩 후원을 하고, 몇몇 기업의 제품은 의식적으로 피하기도 해요. 실질적인 효과를 생각해서라기보다는, 그렇게 하는 게 그나마 제 마음이 편하기 때문입니다.

세계에는 폭력이 가득하죠. 그러한 세계에서 무난하게 살아가기 위해서는 일상적인 폭력에 다소 둔감해질 수밖에 없어요. 마음 한구석에는 모종의 죄책감이 생겨날 수밖에 없습니다. 내가 지금 누리고 있는 게 다른 사람들의 몫을 뺏은 결과물일 수도 있겠다는 생각이 들지 않을 수 없으니까요. 그래서 죄책감을 처리한다는 표현을 쓴 거예요. 죄책감은 근본적인 의미에서 해소되거나 해결될 수 있는 문제가 아니니까요.

김종삼 시인의 시는 첫 구절부터 제 마음을 뒤흔듭니다. "한 걸음이라도 흠잡히지 않으려고 생존하여 갔다"니, 그건 삶 자체를 관통하는 말이라는 생각도 들어요. 어떤 성현이 이끌어주는 고된 삶의 쇠사슬이라는 말도 그렇죠. 이런 말들은 대체 어떻게 나올 수 있을까요.

김종삼 시인은 제가 좋아하는 시인 가운데 한 명인데요. 그의 시를 읽고 있으면, 시에 짙게 드리워진 죄책감의 그림자에 대해 생각해보게 됩니다. 이 시도 강렬한 죄책감을 가진 사람의 고백처럼 읽히고 있죠.

그런데 제가 이 시를 정말 좋아하는 것은 죄책감에 사로잡혀, 흠잡히지 않으려 살아가는 어떤 사람이 마주하는 아름다움 때문입니다. 환멸의 습지에서 가끔 헤어나오면, 그 앞으로는 마치 영원과도 같은 아름다움이, 마치 구원과도 같은 아름다움이 눈앞에 펼쳐지는 거예요.

죄의식과 구원, 그리고 아름다움에 대한 감각이 마구 뒤섞여서 뭐라 말할 수 없는 장면을 구성하는 대목입니다. 죄를 짓지 않으려 고되게 살아가는 어떤 사람이 그 고통스러운 삶 속에서, 삶으로부터 아득히 먼 듯한, 시간 축에서 벗어난 것만 같은 아름다움을 발견하는 거예요. 그때서야 일순이나마 그것을 구원이라고 여기겠죠.

아마 이건 시인이 자신의 삶 속에서 직접 체험하고 감각한 것이 아닌가 싶기도 해요. 그렇지 않고서야 이렇게 강렬한 설득력을 지닐수 있을까 싶거든요. 이 시가 보여주는 이 아름다움이 저에게도 순간의 구원이, 약간의 위안이 되어주기도 했습니다.

여러분은 어떠신가요. 죄책감과 싸우며 살아가는 일이 고되고 힘들지 않으신가요. 그러나 어느 순간, 우리는 아주 잠시뿐이라 해도 이렇게, 짧은 구원을 느끼기도 할 거예요. 그리고 그 짧은 순간에 힘입어 다시 살아가는 거겠죠. 이 시의 제목이 '이 짧은 이야기'인 것도 아마 그런 까닭일 것입니다.

구겨진 교실

이
기
리

소꿉 장난감을 버리지 않았다

플라스틱 통 안에
플라스틱 냄비와 플라스틱 수저와 플라스틱 칼과 플
라스틱 도마와 플라스틱 팬과 플라스틱 버너
꺼내다 보면

가장 안전한 부엌에서 요리하는 기쁨

자기소개를 하는 시간
선생님은 이름이 특이하다고
다른 애들보다 오 분을 더 교탁 앞에 서 있게 했다

힘이 약한 짝꿍이 의자를 책상 위에 올리지 못해
대신 올려 주면 순식간에 떠들썩해지면서
걔랑 사귀려면 흰옷을 조심하라는 소릴 들었다

가방 안에 들어 있던 물건이 사라져서
온갖 사람과 사물함을 뒤졌다

뒷자리에선 또래보다 작고 마른 나의 몸을 호시탐탐
노리는 것 같았다

복도를 걷다가 다리를 걷어차였다
개자식아 너 때문에 응?
말을 더 이어 가진 않았고

내 어깨를 두드리더니
재밌는 놀이를 알려 주겠다며 일어나 보라고 했다
앞에 보고 있어 봐
따라 일어난 친구는 손을 포클레인처럼 구부리고
사타구니 쪽에 팔을 쑥 집어넣고 나를 들어올렸다

반 아이들의 시선이 허공에 뜬 내 몸을 향해 쏠렸다
어느새 교실 문 너머 몰린 무리들이 입을 가리고 키
득거리고 있었다
보이지 않는 입꼬리들이 나를 천장까지 잡아당기는
기분

어때? 재밌지? 재밌지?

애는 지금까지 이걸 찾고 있었던 거라며
실내화 주머니에서 플라스틱 칼을 꺼내 바닥에 내던
졌다

제가 만약 반장이 된다면 우리 반을 구기대회 일등으
로 만들겠습니다
박수와 웃음 사이에서
아무리 허벅지를 그어도 생기지 않는
칼자국들

새로 바뀐 짝꿍은
책상 가운데에 선을 그었다

나는 비로소 중학교에 입학했다

◆ 《그 웃음을 나도 좋아해》, 민음사, 2020.

싫은 일은 금세
잊힌다지만

유년의 기억은 평생을 좌우한다고 하죠. 어린 시절 겪었던 몇 가지 고통과 상처가 죽을 때까지 이어진다는 것은 당연한 일 같다가도, 한편으로는 좀 너무한 일이라는 생각도 들어요. 아이에게는 자신이 겪는 일에 대한 선택권이 없잖아요. 삶의 방식도 삶에서 겪는 모든 일도 자신의 의지 밖에서 벌어지는 일들에 의한 것입니다. 어쩌면 그게 우리가 아이들을 최대한 선의를 갖고 대해야 하는 이유이기도 할 거예요.

저 역시 몇 가지 기억이 있습니다. 아니 기억이 없다고 해야 할까요. 저는 초등학교 저학년 때 학교에 가는 것이 아주 싫었어요. 그런데 왜 싫었는지 도무지 기억이 나지 않습니다. 다만 어머니에게 며칠이고 이사 가자고 졸랐던 것만큼은 기억이 나는데요. 이사 가면 전학도 갈 수 있다는 기대를 품었던 것 같아요. 그런데 이사가 쉽나요. 아이의 바람대로 되는 일은 없었고, 그래서 절망했던 기억이 남았습니다.

정말 이상하죠. 왜 저는 그때의 일을 기억하지 못할까

요. 기억력이 좋다고 할 수는 없지만, 그중에서도 특히 초등학교 저학년 시절의 기억은 통째로 없어졌다고·해도 될 정도예요. 가벼운 따돌림 같은 것을 당한 것은 아닐까 추측하고 있습니다. 학교에 가기가 너무 싫었고, 차라리 이사를 통해서라도 전학 가고 싶어 했다면 아마 그런 것이었겠죠. 굳이 가볍다고 하는 것은 강하고 심각한 사태였다면 이렇게까지 기억도 단서도 남기지 않고 모두 사라지지는 않았을 것 같기 때문입니다.

게다가 초등학교 3학년 때는 결국 이사를 가게 되었는데요. 그 시점부터는 어울려 놀고 친하게 지낸 친구들이 얼추 기억이 나요. 그때 친구들은 고등학교에 가서까지 계속 어울리기도 했습니다. 그런 점들을 모두 헤아려보면 초등학교 저학년의 기억이 어떤 이유에서인지 지워져버린 것은 분명합니다.

이후에 어머니가 들려준 이야기가 있긴 해요. 제 담임 선생님이 어머니를 학교로 부른 적이 있었다고 합니다. 제가 운동장에 나가서도 아이들과 함께 놀지 못하고 혼자 그네를 타거나 땅에 그림만 그리고 있고, 아이들과 잘 어울리지 못한다고, 어쩌면 아이가 자폐증일지 모르겠다는 이야기를 했다고 해요. 물론 어머니는 제가 집에서 동생과 어울려 노는 모습을 보셨으니 전혀 거기에 동의하지는 않았지만요.

제가 학교에서 아이들과 어울리지 못하는 애였다는 점은 분명한 것 같아요. 유년의 기억이 그 이후의 삶에 큰 영향을 끼친다는 점을 생각해본다면, 지금의 성격도 그 어린 시절의 경험들에 의한 것일 수 있겠다는 생각도 하게 됩니다. 과거를 잘 기억하지 못하는 것도 그 시절의 영향일 수 있을 거예요. 그러니 한층 더 억울한 거죠. 기억하지도 못하는 일들로 인해 지금의 내가 만들어지다니, 하는 식으로요.

물론 지금의 저를 만든 어떤 트라우마나 상처 같은 것이 그 일 하나만은 아닐 겁니다. 그저 조금 호들갑일지도 모르죠. 누구든 어린 시절에 대해 말해보라고 하면, 약간의 호들갑과 들뜸을 섞어 말하곤 하잖아요. 어릴 적 겪은 일로 다 큰 어른이 된 지금까지 아파하지는 않아요. 그저 지금의 나를 이해하는 방편으로 기억을 불러올 뿐이에요. 여러분도 지금 나의 어떤 말과 행동에 영향을 주는 기억이 분명 몇 가지는 있으리라 생각합니다. 그것이 정말 진실인지 아닌지와는 무관하게, 그 기억들을 지침 삼아, 지금의 나를 다시 구성하기도 하지요.

이기리 시인의 시 〈구겨진 교실〉은 어린 날의 아픔을 차분히 풀어놓고 있는 시입니다. 그 아픔과 슬픔의 기록이 너무나 생생하게 전해져 아득해질 지경이에요. 좀처럼 친구들과 어울리지 못하는 한 아이는 소꿉놀이 장난감을 꺼내 혼자 놀 때 안정감을 느낍니다. 다른 아이들과 함께면 아이에게는 괴로운 일이 생기죠. 놀림을 당하거나 다리를 걸어 차이기도 합니다. 반장 선거에서 공약으로 내세운 구기대회 일등 같은 것은 아이와는 전혀 무관한 일이지요. 그러니 그

박수와 웃음 역시 아이와 무관할뿐더러 오히려 아이를 더욱 외롭게 만듭니다.

이 시를 읽으면서, 제가 겪은 학교에서의 괴로움이 떠오르는 한편, 제가 겪지 않았던 일들조차 마치 제 일처럼 너무 생생하게 느껴졌어요. 마치 정말 그런 일이 있었던 것처럼요. 어쩌면 제가 기억하지 못하는 저의 과거 가운데 이런 일이 있었던 것은 아닐까 싶을 정도였습니다.

아이가 얼마나 괴로웠으면, 허벅지를 아무리 그어도 칼자국이 생기지 않았노라 말했을까요. 그건 얼마나 큰 괴로움이고 고독이었을까요. 이 시에서 가장 마음이 아픈 점은, 혼자 소꿉놀이를 할 때 평온함을 느끼던 아이가, 비로소 중학생이 되었노라 말하는 마지막 대목일 거예요. 어떤 삶은 이처럼 지속되는 고통과 고독에 내던져지게 됩니다. 그리고 고통과 고독이 끝나고 나서도, 이후의 삶에서도 그 흔적은 결코 지워지지 않겠지요.

하지만 슬픔을 안은 채로 계속 성장한다면, 그것은 마냥 나쁘기만 한 일은 아닐 거예요. 슬픔이 무엇인지, 아픔이 무엇인지 잘 알고 있는 삶은 그렇지 않은 삶보다 나은 삶이라고, 저는 믿으니까요. 이 시가 수록된 시인의 첫 시집 제목 '그 웃음을 나도 좋아해'는 그래서 의미심장하고, 애틋한 제목이기도 합니다. 저 역시도 그 웃음을 좋아한다고 말할 수 있을 것 같아요.

태권도를 배우는 오늘

한
여
희

종일 찌르기 품새를 배운다 나는 삐뚤어지기 위해 왔
지 튼튼해지는 팔뚝이 싫어 왼팔에 태권, 오른팔에 킨태,
모른 척 구령 연습을 한다 바지 안에는 주운 바둑알, 제
멋대로 굴러가는 하루와 함께 됐지 주머니를 뚫고 심술이
터진다

으랏차차 기합 소리에 모두 깜짝 놀랐지 흐뭇해진 나
는 바닥을 구르지 어제보다는 오늘이, 그제보다는 뒤꿈치
가 엉망이라 다행이야 발끝이 머리에 닿는다 내일은 별로
궁금하지 않고 매끈한 바닥이 궁금해 땀이 나도록 발차기
를 한다

작은 바둑알이 나라는 게 좋아 시시콜콜해진다는 게
좋아 지루해진 여자애들은 바삭바삭 모여 앉아 내 쪽을
힐끗대지 장난감은 내가 아니라 너희들이다 어디서든 투
명해지는 수련을 해야지 앞으로만 구르는 나를 빼고 모두
제자리 뛰기를 한다

오늘 배운 자세로 내일을 향해 도약해보라지, 나는

늘 처음 하는 것처럼 다리를 뻗는다 하나 둘, 하나 두울
내가 멈져 흰 벽엔 앞차기 허공엔 뒤차기, 올바른 자세를
배워도 금세 틀어지는 몸뚱이가 나의 자랑이다

◆ 《폭설이었다 그다음은》, 아침달, 2020.

아무것도 배우지 않지만
모든 것을 다 배우며

요새도 아이들을 태권도장에 많이 보내는지 모르겠어요. 제가 어린 시절에는 다들 태권도장을 다니고는 했습니다. 저 역시 잠시나마 다녔던 적이 있고요. 그 덕분에 여러 태권도 품새를 기억하는 친구들이 많았잖아요. 태극 1장 정도는 기초 교양 수준으로 알았고, 금강이나 태백까지 한다고 자랑하던 친구들도 있었어요. 검은 띠를 가진 친구들은 또 어찌나 많았는지 정말 신기했어요. 저는 도무지 그 품새라는 것을 제대로 외우지 못했거든요.

태권도장에 가는 것이 정말 싫었어요. 도복을 입는 것도 싫지 않았고, 사범님을 따라서 동작을 따라 하는 것도 싫지는 않았지만, 품새를 외우기 시작하면서는 도무지 따라갈 수가 없었거든요. 동작의 연속을 외우는 일이 참 힘들었던 모양이에요. 문자나 그림을 외는 것은 어렵지 않았던 것 같은데, 동작을 외우는 일은 뭐라고 해야 할까요. 도무지 마음에 와닿지 않았나 봐요.

어찌나 못했던지, 저의 태권도는 노란띠에서 그쳤습니

다. 노란띠는 태권도를 한 달 정도 하면 그냥 주었던 것으로 기억하는데요. 그다음부터는 품새를 외워서 심사를 받아야만 했거든요. 처음으로 품새 승급 심사를 하고, 저를 빼고 다른 아이들 대부분이 초록띠로 승급하는 것을 보며 저는 태권도를 그만두었습니다. 그러고는 얼마 뒤 또 다른 학원에 다녔지요.

떠올려보면 굉장히 많은 학원이 있었던 것 같은데요. 미술학원, 피아노 학원, 태권도장이 가장 대표적이라고 할 수 있겠네요. 거기에 주산학원이나 컴퓨터 학원 같은 것들도 있었고요. 저는 피아노 학원도 잠깐 다녔는데요. 피아노 역시 그렇게 오래 하지는 못했어요. 아마 한 달 정도 다니고는 그만뒀던 것 같아요. 그 밖에 다른 것들도 조금씩 배워본 기억이 있습니다. 어머니는 제가 흥미를 느끼거나 소질을 가진 분야를 찾아보려고 하셨던 것이겠지요. 조금 아쉬운 점도 있어요. 몇 달 해보는 것만으로는 소질을 발견하기 어려우니까요. 저희 어머니의 교육 지론은 재능이 있으면 조금만 해도 금방 티가 난다는 것이긴 했지만, 한편으로는 재능이 발견되는 지점까지 올라서기 위해서는 일정 수준의 숙련도가 갖춰져야만 하잖아요. 저는 그런 지점에 도달하기도 전에, 흥미를 갖는 데서부터 실패했던 셈이니까요. 제가 참 을성이 조금 더 있었다면 좋았을 텐데, 참 아쉽습니다.

어릴 적부터 포기가 빨랐어요. 조금 해서 잘 안 되면 금방 울상이 되고는 했어요. 더는 시도하기를 그만두었지요.

보조 바퀴를 떼고 몇 번 넘어지면서 자전거 배우기를 포기했고, 입수 연습을 하다 물에 빠져버리고는 수영 배우기를 포기했어요. 겁도 많고 금방 상심하기도 하는, 작은 마음의 소유자였습니다. 이런 성격을 고칠 수 있었다면 좋았을 텐데, 저는 어른이 된 지금도 초고속 포기를 일삼으며 살아가고 있습니다.

무엇인가를 잘하지 못할 때 상심하게 되는 것을 두려워해서, 시도 자체를 그만둬버리고는 해요. 누군가를 좋아하게 되어도 마음 다칠 것이 두려워서 좋아하는 마음을 접어버렸고, 흥미로운 분야가 생겨도 그것을 잘 해내지 못할 것이라는 걱정에 깊이 빠져들지를 못했어요. 이런 제가 시라도 붙잡고 있는 것은 참 다행스러운 일입니다.

한연희 시인의 시 〈태권도를 배우는 오늘〉은 그런 저와는 참 다른, 씩씩한 모습을 보여주는 시입니다. 이 시의 화자는 품새를 배우는 태권도장에서, 삐뚤어지기 위해 여기 왔다고, 아주 당당하게 말하고 있어요. 품새는 자세의 정확성이 참 중요한데요, 그런 정확성이 중요한 자리에서 아무 거리낌 없이 어긋나겠다고 선언하는 거예요. 저처럼 소심하고 겁 많은 사람으로서는 상상도 할 수 없는 일입니다. 이 시의 화자는 아주 당돌하게, 왼팔로는 태권을 내지르지만, 반대편 팔로는 태권을 뒤집어 권태를 내지른다는 거죠. 삐뚤게 움직이고 적극적으로 어긋나지만, 기합 소리만은 아주 커서 모두를 놀라게 하기도 합니다.

어쩌면 사범님은 아주 골치 아픈 아이라고 생각할 수도 있을 거예요. 어린 시절의 제가 그 도장에 있었다면 그 친구를 싫어했을 것 같아요. 소심한 아이였던 저는 그렇게 분위기를 깨뜨리는 존재를 두려워했을 테니까요. 하지만 이 시의 화자는 그런 일에 아랑곳하지 않습니다. 모두가 제자리 뛰기를 하고 있을 때 혼자 앞구르기를 하지요. 그러면서 자랑스럽게 말합니다. 올바른 자세를 배워도 금세 틀어지는 몸뚱이가 나의 자랑이라고요.

어떻게 이렇게 멋지게 말할 수 있을까요. 틀리는 것을 두려워하기는커녕 일부러 틀리고, 적극적으로 삐뚤어지는 자세야말로 우리에게 필요할 거예요. 모두가 정확하고 바른 자세를 취해야만 하는 것도 아닌데, 왜 우리는, 그러니까 저는 그렇게나 틀리는 것을 두려워했을까요. 저처럼 노란띠에서 포기한 사람보다는 이렇게 마음껏 틀리면서도 계속 앞으로 나아가는 것이 더 바람직하겠지요.

이 시를 읽으면 어쩐지 기운이 나고, 응원을 받는 듯한 느낌이 들어요. 그저 자기 혼자 씩씩한 아이의 모습을 보고 있을 뿐인데 말이에요. 여러분은 어떻게 일상을 보내시나요? 대체로 틀리면 안 되고, 어긋나면 안 되는 삶을 보내고 있을 테지만요. 거기서 조금 벗어나게 되더라도 큰일이 나는 것은 아닐 거예요. 설령 큰일이 난다고 하더라도, 이 시처럼 씩씩한 모습이라면, 이렇게 틀리는 것도 괜찮다고 생각한다면, 정말로 괜찮을 거예요.

나는 산불감시초소를
작업실로 쓰고 싶다

어떤 작가는 성당을 작업실로 썼다지만
나는 산불감시초소를 작업실로 쓰고 싶다
긴 철제 사다리가 마치 천국으로 가는
계단처럼 비스듬히 기대어 있는
(그러나 결코 천국에 가기 위한 것은 아님)
그리고 작은 창이 달려 있고
녹색 양철 지붕이 있는 집,
이 산불감시초소에서 한 계절을 나고 싶다
나는 매일매일을 뜬눈으로 지샐 것이며
밤에는 모르는 별의 문자를 해독하고
잠 못 드는 새의 울음소리를 채집하여
나의 자서전에 인용할 것이다
(그건 아직 먼 후의 일이지만)
그리고 나는 먼 구름을 애인으로 둔
늙은 바위로부터 겨우겨우 모은 전설을
바람의 피륙에 한 땀 한 땀 기록하리라
나는 또 사라진 짐승들의 발자국을 쫓아
하루종일 숲속을 헤맬 것이다
나의 관심은 그러나 그것들에 있지 않다

지금 살아 있는 것들의 불타오르는 내면을
나의 열렬한 정부로 삼고 싶을 뿐,
멀리 도시의 불빛도 잠재우고
나는 홀로 외롭게 마음속 산적을 불러
그들과 함께 녹슨 칼을 푸른 숫돌에 갈며
절망이 타고 가는 말의 급소를 노릴 것이다
마침내 나는 산불을 지르고 도망칠 것이다
비겁의 검은 숲을 모조리 불태울 것이다
아직 펄펄 숨쉬는 짐승들의 시간을 불러올 것이다
비명, 비명, 비명의 바윗돌을 구르게 할 것이다
나는 미친 듯 길길이 산비탈을 뛰어내려오며
결국 아무것도 태울 수 없는 빈산이 내 안에 있음을
숨죽여 몸서리칠 것이다

◆ 《고백이 참 희망적이네》, 문학동네, 2018.

나의 작업실은
어디인가

어느 선생님이 이런 농담을 한 적이 있어요. 작가의 투잡에 대한 이야기였죠. 작가는 돈벌이가 잘 되지 않으니 다른 일을 병행할 수밖에 없고, 그런 와중에 소설 쓰기는 또 혼자 있는 시간을 많이 보내야 하니 묘지기가 딱 맞겠다는 거였죠. 묘지기를 예로 든 것은 일부러 더욱 시차가 느껴지는 직업을 고른 거였겠죠. 참 웃픈 이야깁니다. 정말 웃기고 또 슬픈 것은 이런 이야기를 한 작가가 하나가 아니었다는 것이고, 저도 그 이야기를 들으며 크게 공감을 했다는 거예요.

묘지기의 은유에는 참 묘한 구석이 있습니다. 많은 사람의 지나간 시간을 짊어지고 살아가는 일이 작가의 일이라는 점을 생각해봐도 그렇고, 사람이 찾지 않을 때 타인의 시간을 돌보며 지켜가는 일이라는 점도 그래요. 제가 그런 일을 하는 작가라고 생각하기는 어렵지만, 제가 좋아하는 훌륭한 작가들은 그렇게 다른 사람들의 지나간 시간을 홀로 지켜내는 사람들이었습니다.

작업실의 이야기를 하고 싶어서 이 이야기를 꺼낸 건

데요. 작가에게 가장 절실하고 필요한 공간이 작업실이기도 합니다. 어떤 시인은 지하철에 앉아 급하게 떠오른 것을 핸드폰에 적어 시를 만들기도 하고, 또 어떤 시인은 앉은 자리에서 떠오른 시상을 단숨에 시로 옮기기도 하지만, 대부분 작가는 오랜 시간 엉덩이를 붙이고 앉아 혼자만의 시간을 보내야만 합니다. 저 역시 그렇고요. 글을 쓰는 일이란 외부로부터의 고립이 불가결한 일이니, 고립을 물리적으로 확보하는 일이 참 중요하거든요.

저의 20대 시절은 작업실을 확보하기 위한 사투의 시간이었습니다. 자취하던 때는 자취방을 작업실로 이용해야 했으니, 일상을 보내는 시간과 작업을 하는 시간을 나눠야만 했고, 부모님과 함께 살게 됐을 때는 일하기 좋은 카페를 찾아 돌아다녀야 했지요. 그래서 어딜 가든 일하기 좋은 카페가 어디 있는지 확인해보는 습관도 생겼습니다. 카페는 부모님이 있는 집보다 훨씬 시끄럽지만, 아무리 시끄러워도 저와는 무관한 타인들이 가득한 곳이니, 거리감의 확보에 훨씬 용이했거든요. 카페의 적당한 소음이 고립에 더 도움이 되기도 했어요. 도서관 같은 곳은 너무 조용해서 일을 하기 어렵더라고요. 다시 독립한 지금은 작업실을 확보해서 나름 안정적으로 글을 쓸 수 있어 참 다행이라고 생각합니다.

유강희 시인의 시 〈나는 산불감시초소를 작업실로 쓰고 싶다〉에서 말하는 작업실의 모습은 여러모로 탐나는 공간입니다. 아주 낭만적인 공간이죠. 사람들과 떨어져 눈에 보이는 것은 모두 자연뿐인 곳에서 홀로 시간을 보내는 순간을 시인은 상상합니다.

그 시간은 별의 문자를 해독하고, 새의 울음소리를 채집하고, 먼 구름을 애인으로 둔 늙은 바위로부터 전설을 모으는 생활입니다. 이런 삶을 꿈꾸는 것은 이 시의 화자의 삶이 이런 고독과는 오히려 거리가 멀기 때문이겠죠. 자연은 풍요롭고 인간은 빈한한 삶이야말로 진정 좋은 삶일 것이라는 생각이 들기도 합니다.

이 시의 진짜 멋진 점은 저 숲속에서의 고독이 삶으로부터의 도피를 뜻하는 것은 아니라는 점이에요. 이를테면 백석이 나타샤와 산속으로 들어가 살고 싶어 하던 그런 마음은 아니라는 거죠. 시인은 말합니다. 비겁의 검은 숲을 모조리 불태울 거라고요. 이 불의 이미지는 오해받기 쉽지만 오해해서는 안 된다고 생각합니다. 자기파멸적으로 보이고, 다소 위험해 보이기도 하는 이 고백은 오히려 삶의 어둠과 어려움으로부터 도피하고자 하는 비겁함을 경계하는 태도니까요.

우리의 삶은 지금 이 순간에도 계속 이어지고 있고, 그것을 마주하지 않고서야 진정으로 살아가는 것이라 말하기 어려울 것입니다. 시인은 말합니다. 저 비겁의 숲을 불태워 그 안에 숨어 있던, 펄펄 숨 쉬는 짐승들, 즉 강렬하고 생생한 삶의 순간들을 끄집어내고야 말 거라고요. 그리고 자신의 내면의 텅 빈 공허를 마주하고야 말리라고, 그렇게 말하며 시를 끝맺습니다. 낭만적인 분위기로 시작하지만, 아주 결기 어린 마무리를 보여주는 멋진 시죠? 이런 숨겨진 단단함은 제가 유강희 시인의 시를 좋아하는 까닭이기도 합니다.

작업실이란 고독의 시간을 통해 자신의 내면과 마주하는 일이 가능해지는 공간이기도 할 겁니다. 안타깝게도 저의 작업실에서는 시를 쓰다 말고 유튜브를 자꾸 들여다보는, 그런 일이 벌어질 뿐이지만요. 언젠가 저도 저를 제대로 마주하는 날이 올 수도 있을 거라고, 그렇게 바라봅니다.

도로 주행

*

강사가 말한다

오른발을 브레이크 위에
올려놓고 뒤꿈치를 떼지 말아야 합니다
하지만 나는 자주 그렇게 했다

그럼 브레이크를 밟아야 할 순간에
액셀을 밟게 됩니다
나는 몇 번이나 그렇게 했다

멈춰야 할 때 멈출 줄 아는 사람이 되어야지

하지만 나는 검은 줄, 흰 줄
앞에서
슬픈 줄, 기쁜 줄
가장 중요한 것을 지나친 줄
도 모르고 지나갔다

*

옆 차선을 침범하지 않으려면
먼 곳을 봐야 합니다
나는 가까운 곳도 잘 보이지 않았다

차가 오른쪽으로 치우쳤다

좌측,
좌측,
좌측!

나는 좌회전을 했다

직업적 특수성이 발현된 것이다

현실과 상상의 경계를 넘나들며
새로운 전개를 추구하는

*

신호에 걸렸다
다음 신호가 들어올 때까지
움직이지 않을 수 있다

제자리…… 제자리로 돌아오는 일이
가장 어려우니까

뒤차가 경적을 울린다

여기서 뭐 하냐고,
무슨 일이라도 있냐고,

선택은 어렵지만 당장 해야 할 때가 있다

멈출 것인가
움직일 것인가

나는 정지된 운전을 했다

◆ 《무구함과 소보로》, 문학과지성사, 2019.

베스트 드라이버는
못 되더라도

운전을 할 줄 모릅니다. 세상 사람들 다 있는 운전면허가 저는 없어요. 어릴 때 얼른 따두었어야 했는데, 아무래도 제가 제 돈으로 차를 살 것 같지가 않았던지라 차일피일 미루다 보니 운전면허가 없는 30대 중반이 되고야 말았습니다.

하지만 정말 그렇잖아요. 서울에서 혼자 살면서 차를 몰고 다니는 건 여러모로 낭비니까요. 세금, 보험료, 유류비, 기타 등등 차 유지비 같은 것들을 생각하면, 역시 대중교통이 경제적이긴 합니다. 환경에도 도움이 되고요. 그런 까닭에 아직 면허를 딸 생각이 없기는 한데요. 걱정도 조금 있습니다.

일단 가족 중에 운전할 수 있는 사람이 아버지뿐이거든요. 어머니는 면허가 있긴 하지만 20년 넘게 장롱면허인지라, 사실상 무면허나 다름없고요. 그러다 보니 간혹 아버지에게 죄송스러울 때가 있어요. 외식이든 가족 행사든, 언제나 아버지 혼자 운전하셔야 하거든요. 이러다 연세가 더 드시고 운전하기 어려운 나이가 되면, 그땐 정말 어떡하지? 싶어요. 보통은 아이가 생기면 차가 필수라고들 하는데, 제 경우에는 부모님이 연로하게 되고 나서가 걱정이네요. 더 늦기 전에 면허를 따야만 하는 것일까, 요새는 전보다 더 고민하고 있습니다.

사실 차를 조금 무서워합니다. 정확히 말하면 대중교통이 아닌 모든 차에 타는 것을 무서워해요. 택시를 타든, 가족이 모는 차를 타든 항상 긴장한 상태예요. 지금 내 눈앞을 지나는 차가 시속 수십 킬로미터로, 때로는 100킬로미터를 넘는 속도로 달리고 있다는 것을 생각하면 도무지 무서워서 안심할 수가 없습니다. 제가 운전하는 차가 그런 속도로 달리고 있다는 것은 너무 무서워서 생각조차 할 수 없고요.

운전면허를 딸 수 있을지 자신도 없습니다. 분명히 겁을 먹어서 큰 실수를 하고야 말 테니까요. 혹여나 운 좋게 면허를 따게 된다고 하더라도, 운전 도중 무서워서 실수할까 봐 걱정입니다. 운전하는 친구들은 막상 하게 되면 생각보다 무섭지 않다고 하는데요. 이 괜한 걱정이야말로 제 정체성과도 같은 것인지라, 쉽게 걱정이 멈춰지진 않네요.

임지은 시인의 시 〈도로 주행〉은 운전면허를 따는 과정을 그리고 있는 시입니다. 저는 잘 모르지만, 도로 주행 시험을 보신 분들이라면 공감할 수 있는 내용이지 않을까 싶어요. 시의 화자는 저처럼 긴장을 많이 하는 사람인가 봅니다. 자꾸 실수하고 있죠. 브레이크를 밟아야 할 순간에 액셀을 밟고, 브레이크 위에 올려둔 오른발 뒤꿈치를 자꾸 떼고 있습니다. 차는 자꾸 좌회전하고, 시인은 이걸 재치 있게도 직업적 특수성이 발휘된 것이라고 하죠. 현실과 상상의 경계를 넘나들고, 새로운 전개를 추구하는 거라고요.

이 일상적 순간을 담아낸 시는 우리 삶에 대한 아주 분명하고 재미있는 은유를 보여주고 있습니다. 멈춰야 할 때 멈춰야 하고, 지켜야 할 것을 지켜야만 하는 우리의 삶 말이에요. 시의 화자는 검은 줄과 흰 줄 앞에서, 자신이 슬픈 줄도 기쁜 줄도, 가장 중요한 것을 지나친 줄도 모르고 그냥 지나갔다고도 말하죠. 우리 삶에 가득한 이 규칙과 금지들이 때로는 삶의 중요한 부분을 놓치게 만들기도 한다는 말일 겁니다.

아이러니한 일이죠. 우리 자신과 서로를 모두 지키기 위해 존재하는 규칙들인데, 그런 규칙들이 때로는 우리의 중요한 것을 잃게 만들기도 하니 말이에요. 시에서 말하는 것처럼 옆 차선을 침범하지 않으려면 먼 곳을 봐야만 하는데, 가까운 곳도 잘 보이지 않게 되는 겁니다.

시인은 자꾸 줄에서 벗어납니다. 그게 시인의 직업적 특수성인 거죠. 규칙을 넘어서고, 현실과 상상의 경계를 자꾸 넘나드는 겁니다. 물론 이건 좀처럼 세상의 규칙에 익숙해지지 않는 자신에 대한 귀여운 자조로 읽을 수도 있습니다.

이 시는 그렇게 자신을 귀엽게 자조하는 것으로 끝나는 시는 아니에요. 임지은 시인의 시는 귀여운 실패의 순간을 종종 그리지만, 실패만으로 끝나지는 않습니다. 그래서 이 시의 마지막 문장이 참 중요한 건데요. 나아가야 할지 멈춰야만 할지 도무지 결정할 수 없는 이 상황에서, 이렇게 말하는 겁니다. 나는 정지된 운전을 했다고요.

참 멋진 말입니다. 운전을 멈춘 그 순간조차 사실은 운전하고 있다는 말이잖아요. 주체적인 정지라고 해야 할까요, 아니면 자발적인 거부라고 해야 할까요. 이 또한 시인의 직업적 특수성이라고 할 수 있겠습니다. 결정적인 순간에 결정적인 정지를 선언하는 일 말이에요. 물론 이건 세상의 엄격한 규칙과는 다소 거리가 있는 선택이지만, 그렇다고 결격은 결코 아닙니다.

도로 주행 시험에서 떨어졌다고, 그 사람이 결격이라는 뜻은 아닌 거죠. 이 시를 읽으면서 궁금해졌습니다. 시인은 결국 운전면허를 땄을까요? 도로 주행 시험은 통과했을까요? 하지만 면허를 땄든 따지 못했든, 이 시를 쓴 시인이 참 멋지다는 사실만은 틀림없을 것 같습니다.

바깥

김
수
연

얼굴은 어째서 사람의 바깥이 되어버렸을까

창문에 낀 성에 같은 표정을 짓고
당신은 당신의 얼굴에게 안부를 물었다

안에 있어도
바깥에 있는 것 같아 바깥으로 나와버릴 때마다
안쪽은 먼 곳에 있지 않다는 걸 알게 되었다

이제 집에 가자며 누군가 손을 내밀 때
거긴 숙소야, 나는 집이 없어
당신은 방긋 웃으며 말했다

비바람에 우산들은 뒤집히고
상인들은 내다 걸은 물건들에 비닐을 덮어주고
행인들은 뛰거나 차양 아래에 멈춰 섰다

처마랄 것도 없는 처마 아래에서
잠자리 두 마리가 교미를 하고 있었다

꼬리를 바르르 떨었지만 고요함을 잃지 않았다

꼬리는 어째서 그들의 바깥이 될 수 있었을까

사나운 꿈은 어째서 이마를 열어젖히는가
낯선 짐승들이 한 마리씩 튀어나와 베개를 짓밟아서
꿈 바깥으로 당신은 자꾸 밀려났다

당신은 다시 잠이 들었다
얼굴을 벗어
창문 바깥에 어른대던 저 나뭇가지에다
걸어둔 채로

당신의 바깥은 이제 당신의 얼굴을 쓰고 있다
안으로 들어오겠다고 당신의 방을 밤새
부수고 있다

◆ 《i에게》, 아침달, 2018.

집에 돌아오면
모든 것이 달라지는

어릴 적에는 전화를 받는 어머니를 보며 이상하다고 생각했습니다. 갑자기 목소리가 바뀌어서는 저를 대할 때와는 전혀 다른 모습이었으니까요. 집에서의 모습과 밖에서의 모습이 다를 수 있다는 것을 처음으로 경험한 것이죠. 그전까지는 집 안과 밖의 구분이 따로 없었어요. 물론 집에서야 편하게 까불고 놀아도 밖에서 그래서는 안 된다는 것 정도야 교육되어 있었지만, 그게 공적 영역과 사적 영역에 대한 이해로 이어졌던 것은 아니었습니다. 그저 그렇게 하지 말라고 배웠을 뿐이죠.

이런 것들의 구분이 제대로 되기 시작한 건 입학하면서부터였던 것 같아요. 유치원을 오래 다니지는 않았던지라, 단체생활을 제대로 경험한 것은 학교가 처음이었거든요. 저학년 때는 친구들과 어울리지 못해서 외로이 생활하긴 했지만, 고학년이 되고서는 반장도 하고, 말 그대로 공적인 자아가 싹트기 시작했던 것 같습니다. 게다가 저는 목사님의 아들이기도 하거든요. 교회에서 큰 역할을 맡은 것은 아니지만 목사님의 아들이라는 역할만은 잘 수행해야 했으니, 공적인 자아에 대한 자의식이 커가는 것도 당연한 일이었죠.

덕분에 저는 사회적인 얼굴을 참 잘 유지하는 어른으로 성장했습니다. 사람들 많은 곳에서는 웃는 얼굴로 밝고 상냥하게 지낼 수 있게 되었고, 공적인 자리에서는 그 자리에 어울리는 말과 행동을 할 수 있게 됐죠. 많은 사람이 그런 어른으로 성장했거나 성장하는 중이리라 생각합니다. 사회적인 얼굴을 유지하며 살아가는 일이 참 피곤한 일이라는 것도 이미 모두 체감했겠죠.

가족이나 편한 친구들이 참 소중하고 중요한 것도 그런 까닭입니다. 굳이 사회적인 얼굴을 드러낼 필요도 없고, 그저 편한 마음과 편한 얼굴로 대하면 충분하잖아요. 집이 제일 편하다는 것은 밖에서 줄곧 유지해야 하는 몸과 마음의 긴장 상태를 집에서는 내려놓을 수 있기 때문인 거죠.

우리 삶은 안과 밖의 모습을 구분하며 이어집니다. 제가 어머니가 통화하는 것을 보며 낯설어했던 것처럼, 때로 우리는 우리 자신의 모습을 낯설게 느끼기도 하죠. 이게 정말 내 모습이 맞나? 내가 지금 이러고 있는 게 나다운 걸까? 종종 그런 고민을 합니다. 지금 내 모습이, 진짜 내 모습과는 어쩐지 다르다는 생각을 하는 거죠.

김소연 시인의 시 〈바깥〉 또한 이런 우리의 삶을 이야기하고 있습니다. "얼굴은 어째서 사람의 바깥이 되어버렸을까"라는 시의 첫 문장은 안과 밖에서 달라지는 우리의 모습을 이야기합니다. 얼굴이 우리 자신의 바깥이라는 생각이 재미있기도 하고, 한편으로는 충분히 납득됩니다. 얼굴은 나를 구분할 수 있게 하는 중요한 신체 부위지만, 동시에 나의 내면을 숨기기 위해 사용하는 일종의 위장막이기도 하잖아요.

이어지는 "당신은 당신의 얼굴에게 안부를 물었다"는 문장에서는 우리의 바깥이라고 할 만한 그 얼굴이 이제 자신과 완전히 분리된 것처럼 나타나죠. 안에서의 모습과 밖에서의 모습을 분리하며 살아갈 수밖에 없는 삶을 말하고 있는 겁니다. 그렇게 이 시는 밖과 안에 대한 생각을 펼쳐가죠.

시인은 말합니다. 어느샌가 밖의 모습이 우리 자신의 모습 그 자체가 되어버렸으므로, 안의 모습이 사라진 우리에게는 우리가 편히 쉬고 지낼 집마저 사라져버린 것이라고요. 집에 있어도 바깥의 모습으로 그대로 지내고 있다면, 시가 말하는 것처럼 그곳은 집이 아니라 그냥 숙소인 셈입니다.

그렇다면 우리의 집은 어디일까요? 우리가 쉴 수 있는 곳은 대체 어디일까요? 시인은 답하지 않은 채로 시를 한층 더욱 밀고 나갑니다.

"당신의 바깥은 이제 당신의 얼굴을 쓰고 있다/ 안으로 들어오겠다고 당신의 방을 밤새/ 부수고 있다" 참 무서운 내용입니다. 내면의, 본래의 나는 이제 주도권을 잃어가고 있고, 원래는 바깥으로만 존재하던 나의 얼굴이 이제 나의 전체를, 나의 삶을 장악해나가기 시작한 것입니다.

진정 무서운 점은, 우리가 이 시의 내용을 잘 이해하고 있다는 점이겠죠. 이런 건 진짜 내 모습이 아니야, 그저 살아가기 위해서 택한 가면 같은 거야, 이렇게 생각하며 나 아닌 내 모습을 만들어가기도 하는데요. 어느새 그 가면이 진짜 얼굴로 바뀌어버리는, 그런 순간이 와버린 겁니다. 그렇다면 그땐 내 진짜 모습은 어디로 가는 걸까요? 내 집은 어디에 있는 것일까요?

이것에 대한 답은 불가능할 겁니다. 어쩌면 처음부터 우리에게는 진짜 내 모습이란 것도, 내 집이라는 것도 진실로서는 존재하지 않는 것일지도요.

홍역

석탄 속에서 피어 나오는
태고연(太古然)히 아름다운 불을 둘러
십이월 밤이 고요히 물러앉다.

유리도 빛나지 않고
창장(窓帳)도 깊이 내리운 대로—
문에 열쇠가 끼인 대로—

눈보라는 꿀벌 떼처럼
닝닝거리고 설레는데,
어느 마을에서는 홍역이 척촉(躑躅)처럼 난만하다.

◆ 《정지용 시집》, 1935.

내가
아프던 밤

주기적으로 아픈 편입니다. 평소에 몸에 약간 무리다 싶을 정도로 일하는 편이라, 점점 피로가 누적되다 보면 결국 어딘가 터져서 아프고 마는 거죠. 보통은 크게 체한다거나, 위염이나 장염이 오기도 하고, 기관지염을 심하게 앓기도 합니다. 이럴 때는 정말 꼼짝없이 누워 있는 수밖에 없습니다. 평소에는 거의 눕지 못하는데, 이때만큼은 정말 실컷 눕게 되는 거죠. 그렇게 일주일 정도 쉬면서 낫고 나면, 다시 일주일 동안 밀린 일을 처리하느라 고생하게 됩니다.

요즘에는 체력이 예전보다 훨씬 떨어져서, 오히려 몸을 조심하며 지냅니다. 그 덕분이라고 해야 할지 20대 시절만큼 자주 아프지는 않지만, 1년에 두 번 정도는 아파서 꼬박 일주일을 고생하는 것은 여전하죠. 이제는 정말 몸을 챙겨야 하는데, 주변 동료들이 열심히 자기 몸 챙겨가면서 지내는 걸 보면 저는 한참 멀었다 싶습니다.

가만히 누워 있는 동안에는 여러 생각이 듭니다. 몸이 아프니까 신경질이 나기도 하고, 또 너무 아플 때는 외롭다는 생각이 들기도 해요. 자취하던 20대 초반에도 아플 때는 더더욱 혼자였고, 가족과 지낼 때도 아플 때는 마찬가지로 외롭고 서러웠습니다. 아파서 누워 있는 시간만이 갖는 나름의 특별함이 있는 것 같아요. 고독함과 짜증, 외로움과 서러움이 잔뜩 뒤섞인, 그 무력한 시간이요.

어릴 적에는 조금 달랐던 것 같아요. 열을 식히려고 어머니가 물수건이나 얼음주머니를 갈아주고, 약이나 미음 같은 것을 챙겨주시던 것이 기억납니다. 약 먹고 푹 쉬면 낫는 어른과는 달리, 아이들은 더 많은 손길이 필요하니까요. 어릴 적에는 아파서 힘들기는 해도 서럽거나 외롭지는 않았던 것 같습니다. 아파서 누워 있는 시간에는 그 특유의 질감과 성격이 있지만, 어린 시절에는 또 다른 느낌이 있습니다.

세상이 달리 보이고, 현실감은 어쩐지 느껴지지 않고, 그저 아프기만 하던 그런 시간, 왜 몸이 이렇게 아파야 하는지 이해하지 못한 채로, 그저 콜록거리거나 끙끙 앓기만 하던 그런 시간입니다. 지금의 저와 비슷한 나이였을 부모님을 생각하면서, 얼마나 놀라고 또 걱정이었을까, 그런 생각이 들기도 합니다. 요즘 제가 아플 때 부모님의 심드렁한 모습도 이해가 됩니다. 알아서 아프다가 금방 또 낫는 모습을 얼마나 많이 봐오셨겠어요.

몸이 평소와 다를 때는, 세계의 감각 또한 달라지는 법입니다. 당연하게 느꼈던 모든 것들이 당연하게 느껴지지 않게 되고, 이전과는 전혀 다른 감각으로 세상이 다가오는 거죠. 때로 예술작품에서 고통과 황홀함이 연결되는 것은 이런 까닭일지도 모르겠습니다.

정지용의 시도 누군가의 아픈 밤을 그리고 있습니다. 시의 시작은 빨갛게 타오르는 석탄의 이미지인데요. 12월의 캄캄한 밤, 어둠 속에서 석탄만이 붉게 타오르고 있습니다. 커튼도 깊게 내려졌고, 유리창도 커튼에 가려져 빛나지 않습니다. 그런데 한 가지 이상한 점은 문에 열쇠가 낀 채로 있다는 거죠.

이미지를 잘 다루는 정지용 시인은 이 시에서도 몇 가지의 강렬한 이미지를 그리고 있는데요. 시가 그리는 이미지들을 상상하다 보면 시가 담고 있는 이야기가 손에 잡힙니다. 석탄으로 불을 피우고 있고, 커튼은 내려가 있습니다. 그런데 열쇠가 낀 채 있다는 것은, 지금 집 안에는 누군가가 불을 쬐며 있다는 뜻이고, 다른 누군가는 집 밖으로 나갔다는 겁니다. 집에 누군가 있는데 열쇠로 문을 잠그는 까닭은 뭘까요. 몇 가지 상상이 가능할 텐데요. 저는 아픈 아이 때문이지 않을까 생각했어요. 문을 잠그면서 나가야 하고, 또 너무 마음이 급해서 열쇠를 챙기지도 못한 채로 가버릴 정도라면, 아마 어린아이가 아픈 상황이 아니었을까요? 게다가 제목도 '홍역'이니, 더욱 그럴 것만 같네요.

시는 카메라를 뒤로 빼 원경으로 장면을 그립니다. 심지어 눈보라가 몰아치는 겨울밤이었던 거죠. 그 눈보라의 움직임이 꿀벌처럼 닝닝거리고 설렌다고 표현하는 것도 재미있고 멋진데요. 이 표현 덕분에 저는 시에서의 아이의 아픔이, 아이가 아픈 것을 걱정하는 누군가의 급한 마음이 슬픈 일로 끝나지만은 않으리라는 예감을 하게 됩니다. 사람의 모습은 보여주지도 않고, 사물과 풍경만을 그리는데도 사람의 마음이 절절하게 다가오는 시죠. 역시 보통 내공이 아닌 시인입니다.

　아름답고 특별한 풍경이지만, 이런 밤은 또 많은 사람이 겪어본 밤이기도 할 겁니다. 아픈 아이를 걱정하며 집을 나서는 경험이 있기도 할 테고, 또 아파서 집에 누워 누군가의 손길을 그리워한 경험도 있을 겁니다. 모두가 기억하고 경험하는 이런 일들을, 시인은 이토록 아름답고 또 간명하게 그려 보여줍니다.

토끼의 죽음

윌리엄 B. 예이츠

나는 짖고 있는 개들에게
숲속으로 뛰어드는 토끼를 가리켰어
그리고 나는 개들을 칭찬했지
개들은 연인이 그러는 것처럼 기뻐했어
감기는 눈을 보면서
피에 잠긴 모습을 보면서

그런데 토끼의 거친 호흡이
갑자기 내 심장을 아프게 했어
그때 내 마음도 식어버렸지
나는 뒤로 물러났고,
숲속에 그냥 서 있었어
토끼의 죽음 앞에 그냥 서 있었어

마음의
엔트로피

열기가 식고, 흥분이 사라지고 나면 이상한 허탈함을 느낍니다. 사람은 자신도 이해할 수 없는 열기에 사로잡혀 살아가는 존재인 걸까요. 정신없이 빠져들면서 사랑했던 것들, 음식이나 영화, 책이나 사람, 그 모든 것은 시간이 지나면 낯설고 어색하게 느껴질 따름입니다. 저 눈이 다 녹으면 그 흰빛은 어디로 가느냐고, 셰익스피어가 말했다던데, 뜨거웠던 마음은 어디로 가는 것일까요. 내 안에 가득했던 열기는 어디로 사라져버리는 것일까요.

마음의 열량이라는 것이 무한정 이어질 수는 없을 겁니다. 사랑 또한 영원할 수 없고, 화학적 작용으로서의 사랑이라는 것은 수년이면 끝나버린다고 하니, 그 뒤에는 열기와 열정 이후의 세계가 펼쳐지겠죠. 그런데 사랑과 열정에 사로잡힌 사람은 그 사랑과 열정이 사라져버린 이후의 일을 상상하기 어렵지요. 그러니 결국 사랑의 열기가 식어버렸을 때, 허탈해지는 것은 어쩔 수 없는 일일 수도 있겠습니다.

뜨거운 분노에 사로잡혔을 때도 비슷하죠. 신문 기사에

나온 악한 일에 대해 분노를 할 때도, 개인적인 일로 분노할 때도 불길이 마음을 다 태우고 더 태울 게 없어 스스로 꺼져 버리고 나면, 내가 왜 그렇게까지 분노해야만 했는지, 이해하기 어려운 경우가 많습니다.

사랑의 열기가 분노로 이어지기도 하고, 때로는 그 반대의 경우도 있는데요. 모든 마음은 결국 미지근한 상태에 이르고야 맙니다. 열기에 휩싸여 타오르던 시간보다 더 오래도록 이상하고 미적지근한 시간을 보내는 것이 우리의, 그리고 무엇보다 저의 삶일지도 모르겠습니다.

열기를 지니는 것을 조금 두려워하는 편이었던 것 같아요. 하다못해 뜨거운 음식도 잘 못 먹는 저는, 그저 미지근한 상태가 오히려 마음 편하기만 합니다. 물론 그게 방어적이고 수동적인 태도라는 것도 알고 있지만, 그런 성격이 저자신의 대인관계에 그다지 도움이 되지 못한다는 것도 알고 있지만, 그렇다 하더라도 자신에게 이상한 실망감을 느끼는 것보다는 차라리 열기를 피하는 편이 저 자신을 지키기에는 더 도움이 되는 거죠.

예이츠의 〈토끼의 죽음〉은 그런 마음의 이상한 허탈함을 절묘하게 드러내는 시입니다. 영어 원문을 제 나름으로 적당히 의역해 책에 실었으니, 혹시 부족한 부분이 있다면 헤아려주시고, 더 좋은 번역을 읽고 싶으시다면 '한국예이츠학회'에서 엮은 번역본을 보시는 것도 좋을 것 같습니다.

〈토끼의 죽음〉은 〈한 남자의 젊은 때와 나이 든 때〉라는 연작시의 일부인데요. 젊은 때와 나이 든 때 중에서는 젊음 쪽에 조금 더 가까워 보입니다. 한 남자가 토끼 사냥을 하죠. 시는 개들이 토끼를 잡아 오는 과정을 따로 그리지는 않습니다. 그 대신 피 흘리고 죽어가는 토끼의 모습을 보며 기뻐하는 개들을 보여줄 뿐입니다.

그 순간 이 시의 화자는 이상한 기분을 느낍니다. 개들과 마찬가지로 죽어가는 토끼를 보고 있는데, 마음이 찢어질 듯이 아픈 겁니다. 사냥하는 동안의 희열은 갑자기 식고, 죽은 토끼를 내려다보며 침묵할 뿐이죠.

사냥을 단 한 번도 해본 적 없는 저에게도 이상하게 그 정서가 잘 전달되는 시입니다. 사랑이 끝난 이후를 은유하기 때문일 거예요. 흥분한 개들과 함께하는 이 토끼 사냥은 때로 사랑에 동반되는 과도한 열정 혹은 공격성이라고도 할 수 있을 그 열기를 말하는 것일 테고요. 죽은 토끼는 그 지나친 감정이 결국 사랑을 끝내버리고, 그 자리에 덩그러니 남은 사랑의 주검이라고 이해할 수 있습니다. 사랑이 끝나버린 뒤의 쓸쓸함과 공허함을 망연자실하게 토끼의 죽음 앞에 서 있는 장면으로 보여주는 거죠.

참 인상적인 장면인지라 저도 이 작품에서 이미지를 빌려 〈구원〉이라는 시를 쓰기도 했는데요. 그 시는 사랑에 대한 시는 아니었지만, 열기가 식어가는 순간만은 분명하게 공유하는 시이기도 합니다. 마음의 열기가 식은 후의 상황과 그 이미지를 저에게 처음으로 확인시켜준 작품이라고도 할 수 있을 것 같아요.

저에게는 20대 시절, 중요한 질문을 던져주기도 했습니다. 사랑이 다 끝나버리고 나면, 열기가 모두 식어버리고 나면, 삶이 마지막에 도달하게 되면, 그다음에는 어떻게 될까, 혹은 어떻게 되어야 할까, 라는 질문이었죠. 10년이 훌쩍 지난 지금도 여전히 답을 내리지는 못했지만요. 어쩌면 이 질문은 여러분 또한 알게 모르게 마음속에 품고 있는 질문일지도 모르겠습니다. 저와 마찬가지로 답을 내리지 못했을 수도 있겠지만요.

병원

살구나무 그늘로 얼굴을 가리고, 병원 뒤뜰에 누워, 젊은 여자가 흰옷 아래로 하얀 다리를 드러내 놓고 일광욕을 한다. 한나절이 기울도록 가슴을 앓는다는 이 여자를 찾아오는 이, 나비 한 마리도 없다. 슬프지도 않은 살구나무 가지에는 바람조차 없다.

나도 모를 아픔을 오래 참다 처음으로 이곳에 찾아왔다. 그러나 나의 늙은 의사는 젊은이의 병을 모른다. 나한테는 병이 없다고 한다. 이 지나친 시련, 이 지나친 피로, 나는 성내서는 안 된다.

여자는 자리에서 일어나 옷깃을 여미고 화단에서 금잔화 한 포기를 따 가슴에 꽂고 병실 안으로 사라진다. 나는 그 여자의 건강이—아니 내 건강도 속히 회복되기를 바라며 그가 누웠든 자리에 누워본다.

◆ 《하늘과 바람과 별과 詩》, 1948.

204

아픔에
익숙해지지 않는다면

아픈 걸 잘 참으시나요? 얼마 전까지만 해도 제가 아픈 것을 잘 참는 편이라고 생각했어요. 싫은 일을 잘 참는 편이었거든요. 싫은 걸 내색하지 않고 잘 숨기며 살아왔으니, 아픈 것도 참는 게 당연하다고 생각해왔습니다. 저는 몸이 허약해 잔병치레가 잦고, 위염이나 장염, 기관지염을 계절마다 꼬박꼬박 챙겨가며 앓는 사람이기도 하죠. 그렇게 앓고 있을 때는 물론 항상 끙끙 앓아누웠고요. 이런 일들이 워낙 자주 있기도 했으니 나는 아픔에 비교적 익숙한 편인가, 이런 생각을 했습니다.

몇 년 전 피부과에서 피부 관리를 받을 때 아파서 소리를 내던 사람이 저뿐이라는 사실을 깨닫고는 어쩌면 지금까지 생각과는 반대로 내가 아픈 걸 잘 참지 못하는 것은 아닌가, 하는 생각을 처음으로 하게 됐습니다(그런데 피지 압출이 진짜 정말로 아프거든요). 서른이 훌쩍 넘고 나서의 일이었죠. 스스로도 조금 어이없고 웃기는 일이지만, 원래 자기 자신은 잘 모르는 거잖아요. 저 역시 저 자신을 제대로 알기보다는, 어딘가 왜곡되고 잘못된 자기 인식과 자기 이미지를 갖고 있을 뿐이었습니다. 관대함과 관용이 부족한 사람인데, 자기가 굉장히 너그러운 사람이라고 믿는 그런 사람들 많이 보셨잖아요. 저도 그렇게 자기 자신을 잘못 알고 있는 사람 중 하나였던 거죠.

다시 생각해봤어요. 나는 왜 그런 착각을 하고 있었을까. 싫은 것과 아픈 것은 사실 전혀 다른데, 왜 이런 식으로 뭉뚱그려 생각했던 걸까. 역시 저는 제대로 아파본 적이 없었던 것 같습니다. 제 인생을 돌이켜보면 몸에 칼을 대본 적도 없고, 크게 다쳐본 적도 없고, 엄청난 고통에 노출되지도 않았다는 것을 알아차렸죠. 비교적 운 좋게 살아왔던지라, 아픔이 무엇인지 좀처럼 알아차리지 못했던 것은 아닐까, 그런 생각을 했습니다. 한편으로는 나이를 먹으며 나 자신을 특별하게 여기지 않게 되었기 때문이라는 생각도 했어요. 다른 사람의 큰 아픔보다 내 손톱 밑의 가시를 더 고통스럽게 여긴다는 말도 있는데, 어릴 적에는 자신을 더욱 특별하게 여기기 마련이잖아요.

윤동주 시인의 시 〈병원〉에서도 젊은 시절 특유의 섬세하고 고통에 예민한 영혼이 화자로 등장합니다. 시의 화자가 찾아간 병원 뒤뜰에는 한 여자가 환자복을 입고 앉아 일광욕을 하고 있습니다. 시의 화자는 이 여자가 가슴을 앓고 있다고 하는데요. 아마 몸이 아프기도 할 테지만, 동시에 내면 또한 고통을 느끼는 것 같습니다. 찾아오는 나비 한 마리 없고, 바람 한 점 불지 않는 살구나무 가지에는 슬픔조차 찾아오지 않는다고 하는 걸 보면, 아마 아무도 찾아오지 않는 쓸쓸한 병원 생활을 하는 것은 아닌가 합니다. 이 시의 화자 또한 이 여자의 친구는 아닌 것 같죠. 말도 붙이지 못하고 멀찍이 보며 외로움만을 생각하고 있으니까요.

이 시의 화자도 어딘가 아파서 병원을 찾아온 모양인데요. 늙은 의사는 젊은이의 아픔을 이해하지 못합니다. 이런 식으로 말한 건 아니었을까요. 젊은 시절에는 누구나 다 그렇죠, 라거나, 아프니까 청춘입니다, 하는 식으로요. 화자는 그런 말을 듣고 화가 나지만 화를 참고 있습니다. 화를 내는 대신 여자가 떠난 자리에 가만히 누워봅니다. 여자의 건강이 낫기를 바라며, 그리고 자신의 건강 또한 회복되기를 바라면서요.

윤동주는 그의 젊고 섬세한 영혼이 선명하게 드러나는 시를 여러 편 남겼는데요. 특히 이 시가 〈자화상〉이나 〈별 헤는 밤〉 같은 대표작보다 시인의 섬세하고 상처받기 쉬운 영혼을 잘 보여준다고 생각합니다.

시는 젊은 날에만 느낄 수 있는 고독과 슬픔에 대해 말하고 있죠. 이 아픔은 늙은 의사에게는 좀처럼 공감받지 못합니다. 섬세하고 예민한 사람만이 감지할 수 있는 슬픔이 있으니까요. 나이를 먹는다는 것은 둔감해진다는 일이고, 둔감해진다는 것은 세상의 아픔을, 그 아픔을 초래하는 폭력과 억압을 알아차리지 못하게 된다는 뜻이기도 하죠. 그러니 이 아픔을 단지 젊어서, 세상 물정을 몰라서 하는 철없는 투정이라고 생각할 수는 없습니다.

이 시의 화자가 다른 사람의 아픔에 공감하고, 그 자리에 몸을 누이며 타인의 아픔에 슬픔을 느끼는 것을 보면, 아픔은 시인의 선하고 맑은 성품에서 연원한 것이라 볼 수 있을 겁니다.

새삼스럽게 반성을 하기도 했습니다. 저는 정말로 타인의 아픔을 이해하지 못하고, 저만이 아픈 사람이라고, 철없이 지냈거든요. 나이를 먹어가면서, 다른 사람들의 아픔에 조금씩 공감하고 겨우 관심을 두기 시작했을 따름입니다. 윤동주는 타고난 예민함으로 빠르게 알아차렸던 것을, 저는 참 더디게, 느리게 알아가고 있는 거죠. 아직 한참 멀었다는 생각이 들기도 합니다.

3부 　　　계속
　　　시작되는 오늘

남해 금산

한 여자 돌 속에 묻혀 있었네
그 여자 사랑에 나도 돌 속에 들어갔네
어느 여름 비 많이 오고
그 여자 울면서 돌 속에서 떠나갔네
떠나가는 그 여자 해와 달이 끌어주었네
남해 금산 푸른 하늘가에 나 혼자 있네
남해 금산 푸른 바닷물 속에 나 혼자 잠기네

◆ 《남해 금산》, 문학과지성사, 1986.

돌 속에 갇힌 사랑,
둘 속에 갇힌 사람

사랑에 빠졌을 때 우리는 맹목적으로 변합니다. 이 세상에 다른 무엇도 중요하지 않고 오직 사랑하는 대상만을 유일하게 의미 있고 소중하게 여기지요. 그렇게 삶을, 우리 자신의 존재 자체를 전면적으로 바꿔버리는 것이 사랑일 거예요. 사랑은 우리 자신을 바꾸기도 하지만, 우리를 둘러싼 것들을 크게 바꾸기도 합니다. 세상에 대한 관점이 뒤바뀌니까요. 그렇다면 세상 자체가 달라지는 것은 당연한 일이겠지요.

이를테면 사랑에 빠졌을 때, 아주 달라지는 사람들이 있잖아요. 주변 사람과의 관계도 거의 끊다시피하고 두 사람만의 세계로 들기도 하죠. 그런 친구가 연애를 시작했다는 소식을 듣게 되면, 연애 이후 그 친구의 소식은 알 길이 없어지고요. 그러다가 이별하게 되면 다시 친구들과 어울리게 되죠. 어느새 사라졌다가 또 언젠가 돌아와 있는 친구라고 할 수 있겠네요.

반면에 두 사람의 관계가 둘만의 관계로 끝나지 않는

경우도 많아요. 연인의 친구가 나의 친구가 되고, 나의 친구
가 연인의 친구가 되면 둘의 관계가 둘만의 문제로 끝나지
않는 거죠. 이런 타입의 친구가 연애하게 된다면 저 역시 갑
자기 친구가 늘어나기도 하고요.

어느 쪽이든 사랑은 자신을 둘러싼 모든 것을 크게 바
꿔놓는 일인 같아요. 이렇게 나 자신을 다른 사람으로 바꿀
뿐 아니라, 다른 사람들도 그 전과는 다른 존재로 바뀌버리
는 일입니다.

저의 경우에는 전자에 가까운 편인 것 같아요. 꼭 둘만
의 세계에 빠져든다는 말은 아니지만, 다른 사람이 끼어드
는 것에 좀 불편함을 느낀달까요. 두 사람의 관계에 누군가
가 끼어들면 어색하고 낯설어지잖아요. 그저 어색한 상황을
불편하게 여길 뿐이기도 하지만요. 저 혼자서야 낯선 환경
에 던져져도 혼자 대응하면 충분하니 별 고민이 되지 않지
만, 누군가와 함께라면 다른 문제가 되니까요.

예전에 연애했던 친구 가운데 하나는 다른 친구와 함께
어울리는 데이트가 익숙했어요. 저는 좀처럼 그런 일이 많
지 않았던지라 그게 참 어색했고요. 좀처럼 거리감이 좁혀
지지 않더라고요. 결국에는 그 친구들이 저를 별로 좋게 보
지 않게 되었어요. 꼭 그 때문은 아니었지만, 그 친구와 오
래가지는 못했습니다. 사랑에 대한 태도가 서로 달랐던 것
이겠죠. 저에게 사랑이라는 것은 상대에게 집중하고 그 안
으로 빠져들어 가는 일에 더 가까운 모양입니다.

여러분은 어떠신가요. 사랑에 있어 어디로 빠져드는 편인가요? 사랑하는 사람에게로 깊게 빠져드는 편인가요. 아니면 사랑하는 사람을 내 주변의 세계와 함께 조화롭게 하는 관계를 조성하시나요. 어느 쪽도 옳고 그른 건 없을 거예요.

이성복 시인의 시 〈남해 금산〉은 사랑에 빠진 두 사람의 모습을 신화적인 상상력으로 그려내는 시입니다. 길지 않은 시인데도 아주 큰 이야기를 하는 것만 같죠. 돌 속에 묻힌 여자가 있고, 그 여자를 따라 나도 돌 속에 들어갔다고 말하는 시인데요. 시가 전하는 이야기를 이렇게 상상해볼 수 있을 거예요.

세상과 떨어져 지내던 한 여자가 있었고, 그에게 사랑에 빠진 한 사람이 함께합니다. 함께하는 동안에는 세상과 떨어져 행복한 시간을 보냈겠지요. 하지만 시간은 흐르고, 비가 많이 오는 어느 날, 여자는 그 사람을 떠나갑니다. 사별일 수도 있고, 사랑이 끝나서 떠나는 것일 수도 있을 거예요. 해와 달이 그 여자를 끌어주었다고 말하는 것을 보면 죽음이 두 사람을 갈라놓은 것에 더 가까울 수도 있지만 어떤 해석도 틀리지는 않습니다.

여자를 따라 돌 속으로 들어간 사람은 이제 홀로 남겨진 사람이 되었습니다. 그 사람은 남해 금산 푸른 하늘 아래 앉아 생각에 잠깁니다. 떠나간 여자를 그리워하면서요. 그 사람은 남해 금산 푸른 바닷물로 잠겨 들어갑니다. 여자가 떠난 세상을 견디지 못하면서요.

사랑과 죽음이 교차하고, 자연물들이 어우러지는 아름다운 시입니다. 이 시에서 흥미로운 것은 두 사람의 사랑은 돌이라는 단단하고 폐쇄적인 자연물을 통해 표현되고, 그 사랑의 끝은 비나 하늘, 바다와 같은 개방적인 이미지의 자연물을 통해 표현된다는 점이에요. 시인은 잘 알고 있던 것이죠. 사랑이란 두 사람의 세계를 새로 구축하는 일이고, 그것은 바깥의 다른 세계와는 분명하게 구분되는 것이라는 점을요.

이 시를 이별의 슬픔으로 삶을 등지는 어떤 사람의 이야기로 읽고 싶지는 않습니다. 그보다는 제가 앞서 운을 띄운 것처럼, 사랑으로 구성되는 두 사람의 세계와 그 바깥의 보다 넓은 세계와의 대비를 보여주는 시로 읽고 싶어요. 두 사람의 사랑이 아무리 두 사람만의 세계를 구성하는 일이라 하더라도, 결국 그 폐쇄된 세계가 영속할 수는 없을 테니까요. 결국 어떤 식으로든 두 사람만의 세계는 조금씩 와해되고 점점 열려나갈 수밖에는 없을 거예요. 그 속도와 규모가 사람에 따라 다를 뿐이지요.

차라리 사랑이라는 것의 필연적 속성에 대해 말하는 시로 읽을 수도 있을 겁니다. 그렇게 열려가고 점점 풀려나가는 사랑. 그것이 어쩌면 사랑의 자연스러운 모습 아닐까요. 사랑의 형상이 영원히 유지될 수 없다는 것은 불가피한 슬픔이긴 하겠지만요.

슬픔을 들키면 슬픔이 아니듯이

용서할 수 없는 것들을 알게 될 때 어둠 속에 손을 담그면 출렁이는 두 눈, 검은 오늘 아래 겨울이 가능해진 밤, 도로에 납작 엎드린 고양이 속에서, 적막을 뚫고, 밤에서 밤을 기우는 무음, 나는 흐릅니다. 겨울 속에서 새들은 물빛 열매를 물어 날아오르고, 작은 세계가 몰락하는 장면 속을 나는 흐릅니다. 풀잎이 떨어뜨리는 어둠의 매듭이 귀와 눈을 먹먹히 묶고, 돌과 층층이 쌓이는 낮과 밤으로부터 이야기하자면, 죽음은 함께할 수 없는 것, 그러니 각자의 슬픔으로 고여 있는 웅덩이와 그림자일 뿐입니다. 묘 앞에서 머뭇거리는 것이 있다면, 바깥에 닿는 비문, 발소리를 듣는 동안, 괄호를 치는 묶음은 그들이 죽인 밤을 기록하는 서(恕), 그림자는 순간 쏟아지는 밤의 껍질, 우리를 눕히는 정적입니다. 흐르지 않는 것이 있다면 나의 죄와 형벌, 지우고 싶은 묘비명 같은 것이나 수렵은 시작되었고 검은 고요로 누워 흘러갈 뿐입니다. 간밤의 꿈을 모두 기억할 수 없듯이, 용서할 수 있는 것들도 다시 태어날 수 없듯이, 용서되지 않는 것은 나의 저편을 듣는 신입니까, 잘못을 들키면 잘못이 되고 슬픔을 들키면 슬픔이 아니듯이, 용서할 수 없는 것들로 나는 흘러갑니다.

215

검은 물속에서, 검은 나무들에서 검은 얼굴을 하고, 누가
더 슬픔을 오래도록 참을 수 있는지, 일몰로 차들이 달려
가는 밤, 나는 흐릅니까. 누운 것들로 흘러야 합니까.

◆ 《나는 천사에게 말을 배웠지》, 창비, 2021.

슬픔 참기
슬픔 들키기

여러분은 갑자기 슬픔이 찾아올 때 어떻게 하시나요? 나름의 슬픔 극복법이 있겠지요. 저에게 어른스러움이란 슬픔이나 외로움 등의 여러 감정에 휩쓸리지 않는 자기만의 방식을 갖는 데서부터 출발하는 일이기도 합니다. 감정을 통제하지 못하는 것을 두고 우리는 어리거나 어리숙하다고 말하곤 하지요. 그럴 때는 자신을 잃어버리기 쉬우니까요. 어렵고 힘든 상황에서도 자신을 잃지 않는 모습을 보며 어른스럽다는 생각을 했습니다. 꼭 어른스러운 사람이 되어야 할 필요는 없지만, 살아가다 보면 어른처럼 굴어야 하는 순간이 있으니까요. 그럴 때를 위해서라도, 감당할 수 없는 슬픔이 찾아올 때를 피하는 나름의 방법을 갖춰야만 할 거예요.

감당할 수 없는 슬픔이 찾아오면 생각을 아예 다른 곳으로 돌리는 편입니다. 가장 흔한 방법일 텐데요. 미드를 정주행한다거나, 만화나 영화를 열심히 본다거나 하면서 아예 머리를 비워버리는 거예요. 때로는 아주 맛있는 음식을 먹는다거나, 오래도록 몸을 씻는다거나 하면서, 감각을 최대한 자극하기도 해요. 다른 생각, 다른 이야기에 정신을 쏟으며 슬픔으로부터 거리를 두는 거죠. 그렇게 시간이 지나면 슬픔도 가라앉고는 합니다. 파도 같고 해일 같은 슬픔이 의외로 자주 찾아오지는 않지요. 오히려 불현듯 갑자기 습격해오는, 그러니까 의외의 곳에 튀어나온 가시 같은 것이 우리가 일상적으로 겪는 슬픔일 거예요. 그럴 때는 잠깐 참는 수밖에 없어요. 잠시 하던 일을 멈추고 마음을 가라앉힐 뿐이죠. 이럴 때 느끼는 슬픔이 오히려 더 섬세하고 선명합니다. 작은 슬픔이라 오히려 더 자세하게 살필 수 있는 거죠. 마음이 아프구나. 이런 슬픔이구나. 약간의 무력감 속에서 시간을 보내는 거예요. 그렇게 보면 저는 아직 슬픔을 잘 다루거나 극복하는 편은 아니라고도 할 수 있겠네요.

슬플 때 엉엉 울 수 있다면 얼마나 좋을까요. 우리는 어른이라서, 자신에 대한 통제를 잃으면 안 되는 어른이라서, 갑자기 우리를 치고 가는 슬픔을 티 내지 못합니다. 길을 걷다 돌부리에 걸려 넘어져도 아픈 시늉을 하고, 아프다는 소리를 낼 수 있는데, 슬픔에 대해서는 그러기가 쉽지 않아요. 동료와 함께 있을 때, 가족과 함께일 때, 우리는 그 슬픔을 꾹 참고 최선을 다해 괜찮은 표정을 짓고는 합니다.

모르겠어요. 어떤 사람들은 자신이 느끼는 여러 감정을 편하게, 스스럼없이 말하기도 하겠죠. 저는 그렇게 튼튼하고 단단한 편은 아닌가 봐요. 드러내는 대신 속으로 숨기고 아예 잊어버릴 때까지 그냥 담아두기만 합니다.

슬픔이라는 감정에는 이런 예감도 있지요. 나 혼자 품고 있다면 그것은 슬픔에 그치고 말지만, 나의 슬픔을 다른 이들이 알게 되고, 그것을 나누면 그 슬픈 마음은 또 어떤 부담감이 되기도 해요. 내가 다른 이에게 폐를 끼치고 있다는 생각, 느끼지 않아도 좋을 슬픔을 나로 인해 느끼게 한다는 미안함, 그런 생각들이 마음을 보다 무겁게 하는 거죠. 그래서 우리는 어른이니까, 어른으로 살아가기 위해 이렇게 애써 고립되고자 하기도 합니다.

정현우 시인의 시 〈슬픔을 들키면 슬픔이 아니듯이〉는 슬픔의 결을 따라 계속 흘러가는 시입니다. 슬픔을 들키면 슬픔이 아니라는 말은 참 여러 생각을 불러일으키죠. 앞서 말한 것처럼, 슬퍼하는 모습을 들킨다면 그건 나만의 슬픔에서 끝나는 게 아니라는 말이기도 하겠죠. 여럿이 함께 느끼는 슬픔은 슬픔만으로 끝나는 법이 없으니까요. 시가 품고 있는 모종의 죄악감은 슬픔의 이런 속성과도 관련이 깊은 것일 수 있겠습니다. 잘못을 들키면 잘못이 된다는 말도 참 절묘해요. 타인이 알아차리게 될 때 비로소 잘못은 진정 잘못이 되니까요. 그리고 앞서 이야기한 것처럼 때로 슬픔을 들키면 잘못했다는 생각이 들기도 하지요. 이렇게 슬픔과 잘못은 우리 생각보다 더 가까운 모양입니다.

가만 보면 이 시는 참 비밀이 많아요. 우리는 이 시를 읽는 것만으로는 이 슬픔의 근원도 죄악감의 근원도 파악할 수 없습니다. 어떤 슬픔이 그렇지 않을까요. 한 사람의 슬픔은 다른 사람으로서는 좀처럼 파악할 수 없죠. 한 사람의 슬픔이 들켜버리게 된다면, 그러니까 다른 사람들과 그것을 나누게 된다면, 그것은 분명 그 한 사람의 슬픔과는 다른 것이 되어버릴 테니까요. 이상하게도, 우리는 이 비밀스러운 시를 읽으면서 그 슬픔과 은밀함에 깊은 공감을 할 수 있습니다. 누구에게나 말할 수 없는 슬픔은 있게 마련이니까요. 이 비밀스러움은 우리 삶의 진실한 순간과 매우 가까운 것이기도 한 셈이죠.

슬픔을 나누면 반이 된다는 말이 있잖아요. 이 말은 어쩌면 슬픔을 나눔으로써 우리가 짊어지고 있던 그 버겁고 무거운 슬픔을 슬픔 아닌 다른 것으로 만든다는 뜻이 아닐까요? 어떤 때는 슬픔보다는 차라리 미안함이나 민망함이 더 견딜 만하기도 할 테니까요. 우리는 슬픔을 나눠 분노로 바꾸기도 하고, 부끄러움이나 우스움으로 바꾸기도 합니다. 그게 나쁜 일만은 아닐 거예요. 물론 어디에도 정답 같은 것은 없겠지만요. 다만 우리는 최선을 다해 자신과 타인을 돌보려 애쓸 뿐입니다.

사랑은 야채 같은 것

성
미
정

그녀는 그렇게 생각했다
씨앗을 품고 공들여 보살피면
언젠가 싹이 돋는 사랑은 야채 같은 것

그래서 그녀는 그도 야채를 먹길 원했다
식탁 가득 야채를 차렸다
그러나 그는 언제나 오이만 먹었다

그래 사랑은 야채 중에서도 오이 같은 것
그녀는 그렇게 생각했다

그는 야채뿐인 식탁에 불만을 가졌다
그녀는 할 수 없이 고기를 올렸다

그래 사랑은 오이 같기도 고기 같기도 한 것
그녀는 그렇게 생각했다

그녀의 식탁엔 점점 많은 종류의 음식이 올라왔고
그는 그 모든 걸 맛있게 먹었다

결국 그녀는 그렇게 생각했다
그래 사랑은 그가 먹는 모든 것

♦ 《사랑은 야채 같은 것》, 민음사, 2003.

사랑이
뭐길래

사랑에 빠지면 사람이 바뀐다고들 하잖아요. 처음으로 그 문제에 대해 생각해본 것이 박지윤의 무슨 노래 가사를 듣고 나서였어요. "나밖에 모르던 못된 내가 나보다 그댈 생각해요" 하는 부분인데요. 중학생이던 저는 저 말이 당연하면서도 어딘가 이상하다고 생각했던 것 같아요.

사랑하면 누군가를 더 생각하는 건 당연하지, 사랑을 해본 적도 없으면서 그렇게 생각하다가, 그것이 사실은 나라는 사람이 전혀 다른 사람이 되는 일이라는 데까지 생각이 닿으면서는 참 이상한 일이라고 여기게 된 거예요. 사랑이 무엇인지 몰랐던 저는 누군가를 위해 자신이 바뀔 수 있다는 생각조차 해본 적이 없었던 거죠.

사랑에도 여러 형태가 있을 수 있잖아요. 소유하는 사랑이 있고, 내주는 사랑이 있고, 멀리서 지켜보기만 하는, 그런 사랑도 있을 수 있을 테고요. 사랑의 형태는 다양하지만, 결국 어떤 식으로든 '나'는 이전과는 다른 사람이 될 수밖에 없습니다. 그리고 그 사실을 인정하고 받아들이는 것이 어른이 되어가는 일이라는 생각도 들고요.

저도 나이를 먹고, 몇 번인가 사랑을 하면서는 스스로 가 변했다는 것을 느낄 때가 있었어요. 용서할 수 없는 것을 용서하게 되고, 이해할 수 없는 것을 이해하게 되죠. 아무 감정도 생기지 않던 사물이나 단어를 보며 애틋한 마음을 갖게 되기도 하고요. 참 이상해요. 누군가를 위해서 이렇게 나를 바꾼다는 일은요. 사실 저는 아직도, 종종 저의 바뀐 모습을 인식하면서 어색함을 느낄 때가 있습니다.

여전히 저는 자신이 변하는 것에 불편함을 느끼기도 합니다. 사랑해서 기꺼이 스스로 변할 수 있지만, 마음 한쪽에서는 이렇게 변하는 나 자신을 의식하며 약간 두려움을 갖기도 하는 거예요. 뭐가 두려운 것이냐 물으신다면, 저도 뭐가 두려운 것이라 잘라 말하기는 어렵지만요.

성미정 시인의 시 〈사랑은 야채 같은 것〉은 사랑의 여러 속성을 흥미롭게 보여주는 시입니다. 이 시는 일반적으로는 따뜻한 사랑의 시라고 읽힐 거예요. 사랑하는 당신을 위해 무엇인가를 준비하고 추리며 공들이는 것. 그 공들이는 과정에서 서서히 나를 변화시켜가는 것. 그리하여 당신을 이해하며 진정한 사랑에 도달하는 것. 그런 것이 사랑의 형상이라고 말하는 것만 같아요. 사랑은 단지 야채 같기만 한 것이 아니라, 야채 같기도 하고 고기 같기도 한 것이고, 당신이 먹는 모든 것이 나의 사랑이라고 말하는, 벅차오르는 사랑 시인 거죠.

그런데 이 시를 다시 읽다 보면 마음에 걸리는 부분이 조금 있어요. 이를테면 왜 밥은 그녀만 하지? 왜 바뀌는 건 그녀뿐이지? 이런 부분이 마음에 걸리기 시작하면 이 시는 전혀 다르게 읽히게 됩니다. 내가 처음 믿었던 사랑이 조금씩 깎여나가는 것만 같고, 오히려 사랑의 순수성이 흐려지는 것만 같고, 자신을 계속 납득시켜가는 것만 같은 거죠.

시를 어느 한 가지 해석만을 선택해서 읽을 필요는 전혀 없지요. 시가 여러 해석의 가능성을 품고 있다면, 그 모든 가능성을 열어두고 읽는 게 좋다고 보는데요. 특히 이 시의 경우에는 상충하는 두 해석이 함께 존재해야만 제대로 읽은 것이라 할 수 있겠습니다.

어느 쪽이든 이 시는 '나'의 변화를 말하고 있어요. 사랑의 과정을 통해 내가 변해가는 시입니다. 그 변화를 긍정이나 부정, 한 가지 방향으로만 읽지 않게 한 것이죠. 이 시를 읽으며 마음 깊이 공감하고 오래 마음에 담아두게 되었던 것은, 제가 사랑에 대해 품는 두 가지 감정, 그러니까 기꺼이 나를 내주는 마음과 그럼에도 나의 영역이 침범되는 일에 대해 갖는 두려움이 모두 잘 드러나 있기 때문일 거예요.

사랑이란 정말 그렇죠. 벅차오르면서도 그만큼 두려운 것입니다. 평온함을 주는 것이면서 우리를 한없이 불안하게 만드는 것이기도 하죠. 사랑에 가장 필요한 마음가짐이 있다면 그건 용기라고 생각해요. 사랑을 잘하는 사람이란, 누구보다 용기 있는 사람이라고요.

하지만 용기가 없다고 사랑을 할 자격이 없는 건 아니에요. 사실은 누구나 사랑을 하고 있거든요. 그 사랑이 없다면 어떻게 세상이 여태껏 계속되고 있겠어요. 사랑이라는 이름의 그 용기가 이 세상을 온통 채우고 있는 겁니다.

애니를 위하여

에드거 앨런 포

하나님, 감사합니다! 위험한 시기도
위기의 순간도 이젠 다 지났고
계속되던 아픔도
마침내 끝났습니다
"삶"이라는 이름의 열병 또한
마침내 정복되었습니다

저도 압니다
제 힘은 이미 다했고
이제 저는 미동도 없이
가만히 누워 있을 뿐이지만
괜찮습니다 제 몸이 나아졌다는 것을
저도 느끼니까요

저는 침대 위에
평온하게 누워 있습니다
만약 누가 본다면
제가 죽은 줄 알겠죠
그리고 제가 죽었다고 생각하면서

저를 계속 쳐다볼 겁니다

신음 소리도, 앓는 소리도
한숨도 흐느낌도
이젠 모두 끝났습니다
그 무서운,
무서운 두근거림도
다 끝났습니다

구역질도 메스꺼움도
무자비한 고통도
다 끝났습니다 미칠 것 같던 열병과 함께
저를 불태우던 그 "삶"이라는
열병과 함께 다 끝났습니다

모든 고문 중에서도
가장 나쁜 고문이 끝났습니다
불타오르는 강에 대한 갈증,
그 저주받은 열정이 식은 것입니다

저는 제 모든 갈증을 채워줄
물을 마셨습니다

자장가 소리처럼
흐르는 물이었습니다
아주 얕은 땅에서 솟아나는 샘물을,
깊지 않은 동굴에서 솟아나는 샘물을
나는 마셨습니다

그런 어리석은 말씀은 말아주세요
제 방이 너무 어둡다거나
제 침대가 너무 좁다거나
그런 말씀은요
사람은 누구나 다른 침대에선 잠들지 못하고
잠들어야 한다면 응당 그런 침대여야만 하니까요

저의 애타는 영혼은
조용히 누워
장미의 시간과 머틀의 시간을

잊어갑니다 그 어떤
후회도 없이

지금은 조용히 누워
상상합니다
로즈마리 향기가 섞이고,
운향과 아름다운 퓨리턴 팬지의 향이 섞인
그 거룩한 팬지 향기를

그리하여 저의 영혼은
행복하게 누워 있습니다 애니의 진실
그리고 아름다움에 대한
여러 꿈을 꾸면서, 거기 잠기면서
애니의 긴 머리칼에 잠기면서,
빠져들면서

그녀는 제게 부드럽게 입 맞췄고,
다정하게 저를 만졌죠
저는 그녀의 품속에서

부드럽게 잠들었습니다
마치 천국에서
깊은 잠에 드는 것처럼요

불이 꺼졌을 때
그녀는 저를 따뜻하게 감싸줬습니다
그리고 천사들에게 기도했죠
제가 아프지 않도록
천사들의 여왕에게 기도했습니다
저를 지켜달라고

그리고 저는 지금 침대 위에
평온하게 누워 있습니다
(그녀의 사랑을 느끼면서)
사람들은 제가 죽은 줄 압니다
저는 지금 침대 위에서
만족스럽게 쉬는 중입니다
(가슴속에 그녀의 사랑을 품고)
사람들은 제가 죽은 줄 알죠

또 누군가는 제가 죽었다고 생각하며
저를 보고 떨기도 할 겁니다

하지만 제 마음은
하늘의 수많은 별,
그 전부를 합친 것보다 밝게 빛납니다.
애니의 두 눈의 빛을 생각할 때,
제 마음 또한 애니와 함께,
애니에 대한 사랑으로,
함께 빛나고 있습니다.

사랑밖엔
난 몰라

사랑에 빠진 동물은 뇌의 비판적 사고 기능과 부정적 감정을 관장하는 부분의 활동이 줄어든다는 연구 결과를 읽은 적이 있습니다. 사람도 마찬가지였고요. 이 연구 결과 자체야 생물에게는 유전자 레벨에서 종족 번식의 확률을 높이기 위한 설계가 있다는 이야기로 이해할 수 있을 텐데요. 우리는 이것을 삶 속에서 생각보다 자주 체감합니다. 사랑에 빠졌을 때, 우리는 다들 얼마간 바보가 되어버리곤 하잖아요.

사랑이란 대체 무엇일까요. 사랑이 사람을 바보로만 만드는 건 아니죠. 오히려 대단한 일을 가능하게도 하니까요. 수많은 이야기에서 사랑 때문에 사람이 죽기도 하고, 사랑 때문에 굉장한 일을 해내기도 하는데, 그건 이야기 바깥의 현실에서 일어나는 일이기도 합니다.

막상 저를 돌아보면, 사랑 때문에 멍청해진 경우는 많았어도 사랑 덕에 전보다 훌륭해진 일은 거의 없었어요. 딱히 사랑 때문에만 멍청해지는 것은 아니고, 항상 어느 정도는 멍청한 상태를 유지하는 것이 저이긴 하지만요.

사랑을 위해 자기 계발에 힘쓰는 친구가 있었어요. 멋진 사람, 좋은 사람으로 보이고 싶어서 열심히 살아간다는 거였죠. 참 대단하다고 생각했습니다. 게으르고 소극적인 저로서는 생각하기도 어려운 참 진취적인 자세였으니까요.

널 위해서라면 죽을 수 있어, 이런 말을 하는 사람들도 있습니다. 상투적인 말이지만, 이상한 말이기도 합니다. 아무리 사랑이 소중하더라도 목숨을 버리다니, 그럴 수가 있나, 정말 진심인가, 그렇게 생각했죠. 제가 사랑이 뭔지 잘 모르기 때문일 겁니다.

아직 그 정도로 사랑을 깊게 해본 적이 없기 때문일 수도 있죠. 저의 보신 욕구가 사랑에 대한 열정보다 큰 것일 수도 있고요. 사랑 때문에 판단이 흐려지는 경험이야 누구에게나 있을 테지만, 그렇다고 하더라도 삶과 사랑을 비교하는 자체가 저에게는 아득하고 굉장한 일로만 느껴집니다. 물론 아주 대단하고 굉장한 일이니까, 사랑을 위해 자신의 목숨을 바치거나 굉장한 일을 해내는 사람들의 이야기가 예술작품으로 만들어지는 것일 테지만요.

사랑을 위해 그렇게까지 굉장한 일을 해내야만 하는 경우가 우리 삶에 그렇게 자주 있지는 않겠죠. 삶과 사랑의 균형을 맞추는 일이 중요하다고 생각하지만, 글쎄요, 저도 막상 예외적인 상황이 발생하면 어떻게 될지 모르겠습니다.

〈애니를 위하여〉는 《검은 고양이》로 널리 알려진 작가 에드거 앨런 포의 시입니다. 포는 현대 소설에 큰 영향을 준 작가지만, 시인으로서도 뛰어났거든요. '네버 모어'라는 말을 반복하는 〈갈가마귀〉나 〈애너벨 리〉 같은 시는 널리 사랑받은 포의 대표작이기도 하죠. 〈애니를 위하여〉는 사랑에 대한 아주 강렬한 고백이면서 어딘가 묘한 면이 있는 시입니다.

삶과 사랑이 서로 깊은 관계를 맺는 것이라면, 이 시에서는 삶이 사랑에 대해 완전히 항복 선언을 하고 있습니다. 첫 연에서부터 이 시의 화자는 오랜 병상에서 일어난 것처럼, '삶'이라는 이름의 열병은 이미 정복되었다고 고백하잖아요. 삶이라는 열병은 두려움과 메스꺼움을 일으키는 번잡한 것일 뿐이고, 그런 자신을 구해준 것이 바로 사랑이라고, 애니의 사랑이라고 이 시의 화자는 말하고 있습니다.

시인은 삶을 고통의 이미지로, 사랑은 흐르는 물과 향기로운 꽃의 이미지로 묘사하는데요. 재미있는 점은 지겹디지겨운 삶에서 벗어나 천국 같은 사랑의 세계에서 안식을 얻은 화자가 다른 사람들의 눈에는 마치 죽은 것처럼 보인다는 사실입니다. 아이러니하죠. 삶을 버렸으니 죽은 것처럼 보인다는 것은 당연한 일이기도 하겠지만, 그걸 사랑이 선사한 평화와 연결하고 있으니까요.

덕분에 이 시는 묘한 깊이감을 얻게 됩니다. 단지 널 위해서라면 난 죽을 수도 있어! 너 없는 삶은 삶이 아니었어! 하는 식으로 고백해버리면, 단순하고 유치한 말로 그쳤을 텐데, 시인은 그렇게 하는 대신 알쏭달쏭한 모습으로 자신을 그려내고 있어요.

시인은 두 가지 층위의 진실을 동시에 전하는 게 아닐까요. 하나는 개인적인 차원의 이야기죠. 나의 지긋지긋한 삶은 사랑 앞에서 하찮은 자존심을 모두 집어던졌고, 사랑 앞에서 나의 삶이 패배했음을, 전적으로 항복하고 있음을 고백하는 겁니다.

또 다른 하나는 이러한 자신의 고백과 태도가 다른 사람들 눈에는 다소 음침하고 떨떠름하게, 혹은 어리석고 보잘것없게 느껴질 수도 있다는 것일 테고요. 사랑하는 사람을 위해서 목숨을 바치는 일은 숭고할 수도 있겠지만, 당신이라는 사랑 앞에서 내 삶 같은 것은 아무런 가치가 없다고 말하는 것은 조금 다른 이야기잖아요.

시인은 그 과장이, 그 어리석음이 자신의 진실이자 자신이 믿는 아름다움이라고 당당하게 말하고 있습니다. 이 지점이 참 흥미롭고 좋아요. 단지 사랑은 고귀해, 삶은 소중해 하고 단적으로 말하는 대신, 어딘가 뒤틀리고 왜곡된, 조금 징그러워 보이기도 하는 방식으로, 어떤 진실을 전달하니까요.

삶도 사랑도 다양한 모습을 지니고 있으니, 이런 삶도 이런 사랑도 그 나름으로 의미 있고 가치 있겠죠. 사랑을 위해 더 나은 사람이 되려고 애쓰는 것도 좋지만, 삶과 사랑을 조화롭게 유지하고자 애쓰는 것도 충분히 좋은 일입니다. 또한 사랑을 위해 삶을 내던지는 것도, 삶을 위해 사랑을 포기하는 것도 당연히 있을 수 있는 일이죠. 단 한 가지 우리가 해야 할 일이 있다면 삶과 사랑, 둘 중 한쪽이든 아니면 양쪽 모두든 최선을 다해 살아가야 한다는 사실일 겁니다.

사랑의 전당

김승희

사랑한다는 것은
엄청나게 으리으리한 것이다
회색 소굴 지하 셋방 고구마 포대 속 그런 데에 살아도
사랑한다는 것은
얼굴이 썩어 들어가면서도 보랏빛 꽃과 푸른 덩굴을
피워올리는
고구마 속처럼 으리으리한 것이다

시퍼런 수박을 막 쪼갰을 때
능소화 빛 색채로 흘러넘치는 여름의 내면,
가슴을 활짝 연 여름 수박에서는
절벽의 환상과 시원한 물 냄새가 퍼지고
하얀 서리의 시린 기운과 붉은 낙원의 색채가 열리
는데

분명 저 아래 보이는 것은 절벽이다
절벽이라는 것을 알고 있다
절벽까지 왔다
절벽에 닿았다

절벽인데
절벽인데도
한걸음 더 나아가려는 마음이 있다

절벽에서 한걸음 더 나아가려는 마음
낭떠러지 사랑의 전당
그것은 구도도 아니고 연애도 아니고
사랑은 꼭 그만큼
썩은 고구마, 가슴을 절개한 여름 수박, 그런
으리으리한 사랑의 낭떠러지 전당이면 된다

♦ 《단무지와 베이컨의 진실한 사랑》, 창비, 2021.

상처뿐이라고
하더라도

———

사랑에 상처받아본 적 있나요? 사랑하지 않은 사람이 있을 순 있어도, 사랑하면서 상처받지 않은 사람은 없을 거예요. 사랑의 근본적인 속성은 상처와 깊게 연결되어 있기 때문입니다. 이렇게 말할 수도 있을 것 같아요. 사랑이란 스스로를 취약한 상태로 내놓는 일이라고요.

사랑에 빠진 사람은 상처받기 쉬운 상태가 됩니다. 상대의 말 한마디, 눈빛 하나만으로도 세상이 무너져내리는 것만 같은 기분에 빠져들죠. 반대로 말 한마디나 입가에 걸린 작은 웃음 하나만으로도 세상을 얻은 것만 같기도 하고요. 그러니 얼마나 쉽게 상처받겠어요. 그 작은 웃음 한 조각이 주는 열렬한 환희를 위해, 상처투성이가 되고자 자발적으로 나아가는 것이 바로 사랑입니다.

사랑에 빠진 사람은 눈 뜬 시간이든 눈 감은 시간이든 온종일 그 사람에 대한 생각을 하고, 그 사람의 기분을 살핍니다. 어떤 의미에서는 주체성을 잃어버린 상태라고도 할 수 있죠. 전적으로 상대에게 종속되는 것이 바로 사랑에 빠지는 일입니다. 나 자신을 잃어버릴 정도로 그 사람에게 속하는 일이라서, 우리는 그것을 '사랑에 빠진다'고 표현하는 것인지도 모르겠습니다.

그 사람이 나를 사랑하지 않을지도 모른다는 불안이야말로 사랑의 근본적인 속성 가운데 하나죠. 사랑이 가능하기 위해서는 무엇보다 내가 그와 하나가 아니라는 사실을 인식해야만 하니까요. 그 사람과 하나가 되고 싶다는 강렬한 열망에 사로잡히지만, 타인과 하나가 되는 일은 근본적으로 불가능합니다. 그러니 사랑은 언제나 비극적인 성격을 가질 수밖에 없습니다. 사랑은 상처와 깊게 연결됩니다.

사랑할 수 없다는 것이, 사랑받지 못한다는 것이 얼마나 큰 고통이고 상처였는지, 저의 10대 시절은 사랑의 희망과 고통 사이를 끊임없이 오가기만 했던 것 같습니다. 그런 10대와 20대 초반을 보내고 나서야 조금은 의연해졌어요. 사랑의 고통으로부터 자신을 지키는 법을 점차 터득해 나갔다고 할 수 있을 텐데요. 어쩌면 그것이야말로 어른이 되어가는 과정이 아닌지 모르겠습니다.

어른이 되면서 저는 점점 사랑에 빠지는 것이 아니라, 사랑을 배워나갔던 것 같아요. 시행착오도 많았고 이불을 백 번은 걷어차고 싶은 부끄러운 순간도 많았지만, 덕분에 예전처럼 마냥 상처받고 머릿속으로 소설 백 편씩 써내는 일을 하지 않게 된 거죠.

그렇다고 해서 사랑에 상처받지 않는 것도 아니고, 마

음 졸이지 않는 것도 아닙니다. 적어도 30대 중반이 된 지금, 사랑은 상대에게 종속되어 빠져버리는 일이라기보다는 주체적으로 해나가는 일이 되었다고는 할 수 있을 것 같습니다. 나를 지키고 상대를 지키며, 적당한 거리를 유지해나가는 일이 중요하다는 것을 조금은 알게 됐습니다. 마음처럼 잘 되는 일은 아니지만요.

김승희 시인의 시 〈사랑의 전당〉은 사랑의 이런 속성을 잘 보여주는 시입니다. 이렇게 시작하죠. "사랑한다는 것은/ 엄청나게 으리으리한 것이다"라고요. 그리고 이렇게도 덧붙입니다. "사랑한다는 것은/ 얼굴이 썩어들어가면서도 보랏빛 꽃과 푸른 덩굴을 피워 올리는/ 고구마 속처럼 으리으리한 것이다"라고요.

사랑이 필연적으로 수반하는 어마어마한 고통의 과정에 대한 이야기입니다. 내 얼굴은 모두 썩어들어가는데, 그럼에도 그 썩어감을 통해 꽃을 피우고 덩굴을 피워 올립니다. 그게 바로 사랑이라고, 시인은 말하죠. 그리고 그 사랑하기란 정말 엄청나게 으리으리한 것이라고요. 압도될 정도로 굉장한 것을 두고 으리으리하다고 하는데요. 시인에게 사랑이란 그처럼 압도될 정도로 굉장한 무엇인 겁니다.

앞으로 나아가면 절벽이라는 것을 알면서도 절벽을 향해 더 나아가는 마음, 그것이 사랑입니다. 상처받을 것을 알면서, 나 자신을 잃어버릴 것을 알면서 계속 나아가는 거죠. 이건 사랑에 빠져서 주체성을 잃어버리는 그런 장면은 결코 아니라고 생각합니다. 이 시의 화자는 사랑이 무엇인지 잘 알면서도 그 안으로 기꺼이 들어가고 있으니까요.

사랑이란 건 꼭 그만큼이면 된다는 저 시의 마지막 구절에 도달하기 위해, 저 시의 화자는 어떤 시간을 거쳐야만 했을까요. 시가 보여주는 저 당당함, 의연함 같은 것이 멋져 보입니다. 마치 어른이 다 된 것처럼 글을 쓰고 있긴 하지만, 이 시를 읽으면 저도 아직 한참 멀었다는 생각이 듭니다. 언젠가는 저도 사랑에 대해서 저렇게 의연할 수 있겠죠. 그때까지는 아마 저도 어른이 되어가려고, 사랑을 잘 해내려고 계속 고민하는 시간을 보낼 것만 같습니다.

기분 전환

유병록

어떤 기분은 잘못처럼 여겨지니까

기분 전환을 위해
맛있는 음식을 먹으러 갈까
머리 모양을 바꿔볼까

우리의 기분이란
사소한 이유로도 쉽게 달라지고

어떤 기분은 짐처럼 무거우니까

목욕탕에 갈까
신나는 음악을 들을까
그럼 좀 가벼워질까

어떤 기분은 감옥처럼 느껴지니까

이사를 할까
먼 나라로 여행을 떠날까

기억이란
가벼운 바람에도 흩어지는데

너는 꼭
그 기분 속에서만 나타나고

어떤 기분은 이불처럼 편안하니까

나는 깊이 파묻혀
밖으로 나올 줄 모르고

◆ 《아무 다짐도 하지 않기로 해요》, 창비, 2020.

기분
뒤집기

기분이 안 좋을 때는 어떻게 하나요? 기분 전환이라는 말을 많이들 하잖아요. 저는 기분 전환이 필요한 경우가 많지는 않아요. 기복이 그리 크지 않고, 안 좋아도 금방 회복되는 편이라서, 그냥 가만히 있으면 충분하거든요. 하지만 마음이야 그렇게 금방 회복될지 몰라도, 몸은 그렇지 않죠. 기분이 안 좋은 것도 몸이 안 좋아서 그럴 때가 더 많습니다.

몸이 안 좋아서 전체적인 컨디션이 저하됐을 때 기분 전환을 시도하곤 합니다. 유튜브를 켜서 간단한 스트레칭을 따라 하고요. 동네를 가볍게 산책하죠. 그렇게 몸을 조금 움직이면 금방 살아나거든요. 속에 얹힌 것이 내려가고, 몸도 가벼워지고, 역시 사람은 몸을 움직여야 하는구나 그런 생각을 하게 됩니다. 맛있는 것을 먹으러 갈 때도 있어요. 친구들을 만나 꼭 가려고 벼르고 있던 음식점을 찾아가서 정신없이 먹는 거죠. 소화제는 꼭 필수로 챙기고요. 디저트까지 만족스럽게 먹고 나면 기분이 훨씬 나아집니다. 음식만이 줄 수 있는 강렬한 감각이 있잖아요. 너무 배가 부르면 오히려 기분이 안 좋기도 하지만, 좋은 재료로 만든 맛있는 음식을 먹을 때 얻을 수 있는 그 대체할 수 없는 만족감은 기분 전환에 정말 큰 도움이 됩니다.

기분은 정말 중요한 문제잖아요. 기분이 좋지 않으면 일의 효율이 떨어지고, 심적 여유가 없어져서 타인과의 관계 역시 문제가 생기지요. 그러니 우리는 기분이 나빠지기 전에 기분 전환을 먼저 하기도 하고, 기분이 나빠지면 열심히 기분을 바꾸고자 애씁니다. 그런데 기분이 대체 뭘까요? 다들 기분이 좋은지 안 좋은지는 분명하게 말할 수 있잖아요. 기분이 좋다거나 기분이 좋지 않다거나 하는 말은 우리가 일상 속에서 가장 많이 하는 표현일 거예요. 그런데 기분이 무엇인지 설명하라고 하면 어쩐지 말이 궁해지죠. 그냥 몸 상태라고 할 수도 없고, 마음이 어떻다고 말하기도 애매해요. 몸과 마음을 모두 아우르면서 몸과 마음 그 어느 쪽에도 속하지 않는 어떤 영역이 기분이 아닐까 하는 생각이 듭니다.

기분이라는 말은 애매한 영역에 속해 있기에 아주 편리하게 사용할 수 있는 말이기도 합니다. 그럴 때 있잖아요. 몸이 어디가 아픈 것은 아닌데 또 완전히 멀쩡한 상태도 아니어서 기분이 안 좋다고 말한다거나, 정말 마음 안 좋은 일이 있는 것은 아니지만, 완전히 밝고 맑은 마음이 아닐 때, 기분이 안 좋다고 말하겠죠. 애매한 영역이라고 하기는 했지만, 우리의 상태 전반을 가리키는 말이기도 할 거예요. 몸과 마음을 포함한 내 존재 전부를 아우르는 것이 바로 기분이라는 뜻이겠죠.

기분 전환을 위해서 우리는 익숙한 공간과 익숙한 상황을 벗어납니다. 내 몸 전체를 옮겨서 다른 분위기와 공기 속에 머무는 것이 가장 확실한 기분 전환 방법이니까요. 말하자면 존재의 맥락을 바꾸는 행위를 하는 거죠. 기분이란 우리 존재 자체와 아주 긴밀하게 연결되어 있습니다.

우리는 우리 자신을 지키기 위해 기분에 대해 생각하고 말하는 것 아닐까요. 우리의 존재 자체가 위험함을 느낄 때, 우리는 그걸 기분이라는 개념을 경유하여 표현하는 것 아닐까요.

그렇다면 기분 탓이야, 라는 말도 다시 생각해볼 일이죠. 기분 탓이라는 말은 주로 맥락도 없고 근거도 없는 판단을 두고 하는 말이잖아요. 대체로 우리의 일상에 큰 지장을 주지 않는 걱정이나 판단을 두고 기분 탓이라고 하지만, 일상에 큰 지장이 없다고 해서 정말 다 괜찮은 것은 아닐 수도 있잖아요. 그러니 기분 탓에 불과한 어떤 문제가 있다면 그 기분을 자세히 살펴보고 고민해보는 것도 필요한 일 아닐까, 싶기도 합니다.

유병록 시인의 시가 그렇게 기분을 고민하고 탐구하는 작품이라고 할 수 있을 거예요. 시에서 말하는 것과 같이 어떤 기분은 그런 기분이 드는 것만으로도 잘못한 것 같고, 또 어떤 기분은 짐처럼 감옥처럼 우리를 짓누르기도 합니다.

머리를 자르거나 어딘가로 여행을 가는 것만으로도 우리는 그 감옥에서 쉽게 풀려나기도 하지요.

이 시에서 정말 중요한 부분은 앞에서는 나오지 않다가 뒷부분에서 갑자기 등장하는 '너'에 대한 언급입니다. "너는 꼭/ 그 기분 속에서만 나타"난다고 말하는 대목이요. 저는 이 부분이 제가 앞서 이야기한, 그 자신의 기분을 자세히 살펴보고 고민해보는 장면이라 생각했어요. 평소에는 잊고 살았으며, 내 몸도 마음도 이미 털어버렸다고 할 수 있을 '너'가 갑자기 어느 순간, 어느 기분 속에서 떠오르는 거예요. 그 '너'는 꼭 사람을 가리키는 말만은 아닐 거예요. 우리가 살면서 느끼고 경험하는 그 모든 것을 은유하는 말이겠지요.

시는 우리가 잊고 사는 어떤 기분을 유심히 살펴보고 생각해보는 일이기도 합니다. 우리는 그런 시를 읽으면서 우리의 기분과 삶을 다시 돌아볼 기회를 갖기도 하겠지요. 이렇게 말할 수도 있을 겁니다. 기분 전환에 시만큼 좋은 것도 없다고요.

왼쪽 비는 내리고
오른쪽 비는 내리지 않는다

내가 너의 손을 잡고 걸어갈 때
왼쪽 비는 내리고 오른쪽 비는 내리지 않는다.

우리에게는 언제나 너무 많은 손들이 있고
나는 문득 나의 손이 둘로 나뉘는 순간을 기억한다.

내려오는 투명 가위의 순간을

깨어나는 발자국들
발자국 속에 무엇이 있는가
무엇이 발자국에 맞서고 있는가

우리에게는 언제나 너무 많은 비들이 있고
왼쪽 비는 내리고 오른쪽 비는 내리지 않는다.

내가 너의 손을 잡고 걸어갈 때
육체가 우리에게서 떠나간다.
육체가 우리를 쳐다보고 있다.

우리에게서 떨어져 나가 돌아다니는 단추들
단추의 숱한 구멍들

속으로

왼쪽 비는 내리고 오른쪽 비는 내리지 않는다.

◆ 《언제나 너무 많은 비들》, 문학과지성사, 2011.

왼쪽과 오른쪽
어디에도 비가 오지 않는다

둘이서 우산을 쓰는 일은 어색하고 불편하죠. 저는 외출 전에 꼭 일기예보를 확인하는데요. 비가 올 가능성이 있는 날에는 꼭 작은 우산을 가방 속에 넣고 나섭니다. 덕분에 우산을 함께 쓰는 일이 종종 있어요. 그런데 가방에 넣을 정도로 작은 우산인지라 두 사람 모두 비에 젖지 않는 일은 불가능합니다. 어지간히 큰 우산이 아니라면 마찬가지겠지만요.

그럴 때 여러분은 어떻게 하시나요. 우산 손잡이를 잡나요? 아니면 상대에게 맡기나요? 저는 가능하면 제가 잡는 편인데요. 이유는 단순해요. 대체로 제가 동행보다 키가 큰 편이거든요. 키가 작은 쪽이 우산을 들게 되면 우산이 제 머리를 누르는 일도 많고, 여간 불편한 것이 아니라, 되도록 먼저 우산을 잡으려고 합니다. 우산 손잡이를 들게 되면 또 다른 고민이 시작됩니다. 누가 더 비를 맞느냐 하는 문제예요.

어차피 두 사람의 양어깨가 우산에 고스란히 담기는 경우는 드물고, 차라리 누구 한 사람이라도 비를 덜 맞는 편이 낫잖아요. 그러면 저는, 상대방 쪽으로 우산을 기울이며 빗속을 걸어갑니다. 그편이 마음이 더 편하니까요. 함께 걷는 사람을 배려하는 마음은 의외로 굉장히 자연스럽습니다. 한편 손잡이를 잡은 제가 제 쪽으로 우산을 당기는 일은 계면쩍기가 이루 말할 수도 없죠.

그런 일을 굳이 부러 생각하지는 않는 사람이라면, 참 별의별 일에 눈치를 보며 산다, 말할지도 모르겠어요. 그렇지만 저에게 삶이란 이런 작고 사소한 일들을 생각하는 일의 연속이기도 합니다.

이수명 시인의 시는 우산 속의 두 연인을 그리는 시처럼 읽혀요. 두 사람이 함께 우산을 쓰고 빗속을 걸을 때, 둘은 모두 한쪽 어깨가 비에 젖어버릴 거예요. 그런 장면을 두고 시인은 왼쪽 비는 내리고, 오른쪽 비는 내리지 않는다고 말하는 것이지요. 아주 로맨틱한 표현입니다. 두 사람 가운데 어깨가 더 젖는 사람이 있다는 사실이 다정하고 정답게 느껴지기도 합니다.

그런데 이 시가 단지 사랑하는 두 사람의 모습을 그리는 시로 읽히지만은 않습니다. 시에 익숙하지 않은 사람이라면, 다소 어렵다고 생각하실 수도 있을 거예요. 나의 손이 둘로 나뉜다거나, 육체가 우리에게서 떠나간다거나 하는 표현은 사랑의 형상으로 좀처럼 쉽게 떠오르는 것은 아니니까요.

하지만 저는 이 시야말로 사랑의 형상을 아주 정확하게 표현하는 시라고 생각합니다. 우리가 사랑하는 사람과 함께 걸어갈 때, 우리는 둘로 나뉘게 됩니다. 사랑하는 사람의 손을 잡은 쪽과 손을 잡지 않은 쪽으로요. 사랑하는 순간 우리는 하나가 되지만, 나는 둘이 된다는 이야기지요. 사물의 관계성을 누구보다 예민하게 포착하는 시인은 사랑의 형상에서조차 분리와 결합의 순간을 발견합니다. 그 "너무 많은 비들"이 수많은 "투명 가위"가 되어 우리에게로 떨어지고 있는 것이지요.

그때 우리의 마음에 어떤 일이 벌어지게 될까요? 사랑하는 사람과 하나가 되었다는 기쁨만을 생각하게 될까요, 그럼에도 불구하고 다 결합되지 못하고 남은 쪽의 쓸쓸함을 확인하게 될까요? 비를 잔뜩 맞고 젖어버린, 그 순간만큼은 '나'이면서도 '나'라고는 생각되지 않는 '나'를, 우리는 어떻게 생각하고 있을까요?

비가 내리는 동안, 누군가와 우산을 쓰고 걷게 되는 일이 있다면, 그것이 만약 사랑하는 사람이라면, 혹은 사랑하는 사람이 아니라고 하더라도, 걸으면서 곰곰이 생각해보면 어떨까요. 두 사람이 우산을 쓰고 걸을 때는, 어째서인지 침묵이 더욱 길어지고는 하는데요. 그것도 지금 하는 이야기와 맞닿은 것이 아닌가 싶습니다. 모두 비 오는 날에는 꼭 우산을 챙기시고요. 어디든 누군가와 함께 걷는 날들 보내시길 바랍니다.

환상의 빛

옛날 영화를 보다가
옛날 음악을 듣다가
나는 옛날 사람이 되어버렸구나 생각했다

지금의 나보다 젊은 나이에 죽은 아버지를 떠올리
고는
너무 멀리 와버렸구나 생각했다

명백한 것은 너무나 명백해서
비현실적으로 느껴진다

몇 세기 전의 사람을 사랑하고
몇 세기 전의 장면을 그리워하며
단 한 번의 여름을 보냈다 보냈을 뿐인데

내게서 일어난 적 없는 일들이
조용히 우거지고 있는 것을
보지 못한다

255

눈 속에 빛이 가득해서
다른 것을 보지 못했다

◆ 《단지 조금 이상한》, 문학과지성사, 2013.

나이를
먹더라도

언제 나이를 먹었다고 느끼나요. 아직 나이를 먹었다고 하기에는 한참 젊은 나이이기는 하지만, 요새는 제가 마냥 젊지만은 않다는 걸 체감하고 있습니다. 일할 때 특히 그래요. 20대 초반, 막 데뷔했을 무렵에는 밤새우며 시를 쓰는 일도 굉장히 잦았는데요. 사실 시를 쓰는 것 때문만이 아니라, 친구들과 노느라 혹은 게임을 하느라 밤새는 날도 많았지요. 그런데 지금은 어쩌다 밤새우기라도 하면 도무지 체력이 버티지를 못하게 되었고요. 하루에 최소한 다섯 시간, 보통 여섯 시간 수면을 지키지 않으면 일상생활이 어려울 정도가 되었습니다.

소화도 잘 못하게 되었어요. 20대 초반까지는 먹는 양도 많았고, 소화도 아주 잘 시켰는데, 요새는 소화가 잘 안되어서 끼니를 작게 나누어서 먹고 있습니다. 조금이라도 과식했다 싶으면 바로 소화제를 먹어야지, 방심하다가 체하기라도 하면 며칠은 죽만 먹고 버텨야 하는 일도 왕왕 있어요. 어쩐지 하소연만 잔뜩 늘어놓고 있는 것 같기는 하지만,

아마 이런 체감을 하는 것이 저뿐만은 아니리라 생각해요.

요새 관심사가 건강 얘기다 보니(물론 건강에 관심이 점차 높아지는 것 역시 30대의 특징이긴 하지만!) 몸에 대한 이야기를 했지만, 사실 몸에 대한 이야기만은 아닙니다. 우리의 감각에 대한 이야기이기도 할 거예요. 어제와 오늘은 거의 다르지 않기에, 우리는 시간의 흐름을 잘 느끼지 못하는데요. 하지만 그 시간이 쌓이고 쌓이다 보면, 정말 놀랄 만큼 우리의 삶이 이전과는 다른 곳으로 멀리 떠나와 있음을 알게 됩니다. 시간이란 참 이상하죠. 도무지 흐르지 않는 것 같지만 정신을 차려보면 아득하게 먼 곳에 와 있으니까요.

강성은 시인의 시 역시 이상한 시간에 대해 말하고 있습니다. 나는 여전히 나의 가장 젊은 시절에 머물러 있는데, 나의 가장 젊은 시절은 옛날의 것이 되어버립니다. 나의 나이는 이미 나의 죽은 아버지보다 많아졌는데, 나는 나의 아버지만큼 어른이 되었다는 생각이 들지는 않는 거예요. 저도 제 나이와 아버지의 나이를 비교해보니, 제 나이 때 아버지는 이미 다섯 살의 저를 키우고 있었어요. 시인이 말하는 "너무 멀리 와버렸구나"는 재미있는 말이에요. 내가 변해버렸다거나 늙어버렸다고 하지 않고, 나는 그대로인 채로 내가 어딘가로 떠밀려 왔다는 말이니까요.

시인은 거기에서 멈추지 않고 한층 깊은 곳으로 시를 끌고 갑니다. 옛날과 지금이라는 그 자명한 구분에 대해 다시 질문을 던지면서요. "명백한 것은 너무 명백해서 비현실적으로 느껴진다"는 것은 바로 그 시간에 대한 자명한 인식에 던지는 의문입니다. 저도 물리학을 잘 아는 것은 아니지만, 시간은 상대적으로 흘러간다는 것이 상대성이론의 주요 논지 중 하나라고 하잖아요. 우리의 시간은 이렇게 각자의 방식으로 제멋대로 흘러가고 있을 뿐이고, 우리는 모두 다른 시간 속에서 살아야 하니까. 그렇다면 강성은 시인의 시가 그리는 것처럼, 살아가면서 우리가 너무 멀리 와버렸다거나, 아직 도달하기에는 너무나 멀었다거나 하는 느낌을 받을 때, 어쩌면 그건 그냥 느낌에 그치는 게 아니지 않을까요? 그러니까, 우리의 삶이란 언제나 너무 멀리 왔거나, 아직 한참 먼 것일 테니까요.

　　몇 년 전부터 레트로가 신나게 유행하는 것도, 너무 빨리 왔거나 아직 너무 늦은 사람들이 점차 많아져서, 자신의 어긋난 시간을 알아차린 사람들이 너무 많아져서 그런 것은 아닐까요.

합격 수기

쓰레기통에서 주운 물수건을 줬더니 코도 풀고 발도
닦았어 겨드랑이도 닦았지 그걸 다시 받았어 선물이래 이
걸로 뭐 하지…… 아까부터 그런 기분

뿌린 대로 거두는 거지
맞아 솔직히 너처럼 목숨걸어야지

말도 안 되는 말인데 해버리면 그게 말이 되는구나,
3일 전부터 먹고 싶은 게 없었지, 합격한 애 초대를 받은
날부터, 방바닥에 누워만 있었어 잘됐어 뼈만 남겨서 누
가 봐도 주머니에 넣고 싶은 그런 애가 되자 생각하다가
오늘에야 기어나왔지 정말 네발로 왔어 합격한 애는 고개
를 끄덕였어

땀엔 배신이 없더라

독침 백 개는 맞은 것처럼 손발이 떨려 우리도 땀은
흘렸는데 그건 땀띠만 남기고 사라졌네 식초에 절어버린
물수건을 또 빨면서 우린 잔을 부딪쳤지

애벌레가, 잎사귀를, 먹고, 있구나, 제 몸이, 반토막,
난, 지도, 모른 채,

일주일은 화장실 못 간 애들처럼 다운돼갔어 애들아
정신 차려, 되기만 하면 레드 카펫 위로 스틸레토 힐을 신
고 걸어가게 된다…… 귀가 먹어가나봐, 우리들은 전부
맥주잔만 내려다봤지

어쩐지…… 너랑은 다시 못 만날 것 같아

누가 고백을 하고, 우린 얼어버렸어 까마득한 애들을
헤치고 들어가 손을 내밀었는데 우리 앞에서 화장품 샘플
이 떨어졌을 때처럼! 떨어진 애는 또 떨어진 애가 될 수도
있지 새벽 5시, 문도 안 열린 학원 앞에 줄을 서야 한다
앞에 선 애들 가방을 보며, 여긴 책이 몇 권이나 들어갈
까? 가방을 사자, 니 가방이 들어가는 그런 가방으로, 내
가방이 또 들어가는 그런 가방으로

내년에 우리 다시 만나자 우리 다 합격할 때까지 죽
을 때까지

합격한 애가 소리쳤어 그래 우린 같은 스터디였지 핑
크색 미니쿠퍼를 타고 속초에 놀러 가기로 했지 눈물이
날 것 같아, 한 애가 말했어 합격한 애는 그 애를 안아줬
다 우리는 훌쩍이면서 다시 잔을 부딪쳤어

오늘을 기억하자 절대로!

돌아가며 화장실에 갔다 왔어 그리고 얼굴을 모았다
합격한 애가 맨 앞에, 우리는 뒤에, 입술을 오므리고, 셀카

폴더명
'최악'
울던 애가 폰에 저장하는 걸 봤어.

◆ 《숙녀의 기분》, 문학동네, 2013.

시기도 질투도
없이

질투가 많은 편입니다. 질투라고 말하면 정념이 너무 강한 것 같고, 차라리 부러워하는 마음을 잘 갖는다고 해야 할까요? 아니면 동경하는 것이 습관이라고 해야 할까요? 아무튼 제가 갖지 못한 것을 가진 누군가를 보면 대뜸 나도 갖고 싶다, 나도 저렇게 되고 싶다고 종종 생각합니다. 의사가 나오는 드라마를 보면 의사가 되고 싶고, 변호사를 보면 변호사가, 양봉업을 하는 사람이 나오면 양봉을 하고 싶다고 생각하는 사람입니다. 음, 말하고 보니 질투라기보다는 그냥 좀 줏대가 없는 것 아닌가 싶기도 하네요. 사실 시인이 된 것도, 학교에서 본 시인 선생님이 너무 멋있었기 때문이었어요.

이건 가벼운 자기혐오 같은 감정이 아닐까 싶기도 해요. 내가 서 있는 자리를 참지 못하고, 계속 벗어나고 도망가고 싶은 마음이니까요. 어릴 적부터 콤플렉스가 많았고, 저 자신을 자주 부끄러워했습니다. 가진 것이 별로 없다고 생각했고, 제가 갖지 않은 것을 가진 사람들에게 일종의 열등감을 느끼기도 했어요. 열등감 자체는 마이너스의 감정이고, 열등감을 느끼지 말고 자기애와 자존감을 가져야 한다고들 많이 말하지만, 저에게는 그다지 와닿지 않았어요. 열등감과 자기혐오가 오히려 저에게는 힘의 근원이 되어주기도 했거든요. 시인으로 사는 일은 끊임없이 자기를 미워하고, 어제의 자신과 멀어지는 일입니다. 내가 있는 자리에 만족한다면, 그보다 앞으로 나아가지는 못할 테니까요.

이건 자신과의 싸움에 한정될 때의 이야기겠지요. 저는 동료 시인들에게도 쉽게 질투를 느끼거든요. 저보다 나은 시인들은 세상에 정말 많고, 제가 쓸 수 없는 것을 쓰는 시인들도 너무나 많습니다. 그 모든 시인에게 깊은 존경과 미움을 동시에 느끼고는 합니다. 그렇다고 해서 그들이 되고 싶다고 생각하는 건 아니에요. 시인으로 사는 일은 어쨌든 자기의 길을 만들어가는 일이니까요. 다만 그들과 견주어보는 거죠. 나는 저 사람들만큼 충분히 새롭고 또 놀라울까, 되짚어보면서요. 그런 의미에서 시인으로 살기를 잘했다고 생각해요. 시 쓰기를 택하지 않았다면, 아마 저의 동경이나 부러움은 더 격렬한 마음으로 변해버렸을 것 같거든요.

박상수 시인의 시 「합격 수기」에서는 조금 이야기가 다르지요. 어떤 청춘들이 같은 꿈을 위해 노력하는 상황이고, 같은 시간 동안 준비한 시험인데 누군가는 붙고 누군가는 떨어지니까요. 이럴 때, 함께 축하하기 위해 모였다면 다들 어떤 표정을 지어야만 할까요? 합격한 친구도, 축하하기 위해 모인 친구들도 모두 어려울 거예요. 마음 놓고 기뻐하기도 어렵고, 진심으로 축하하기도 어렵겠지요. 이건 단지 대단한 일을 했어, 축하해, 부럽다, 이런 이야기가 아니잖아요. 여기에는 경쟁이 극심한 우리의 삶과 그 경쟁이 만들어내는 뛰어넘을 수 없는 간극이 이면에 숨겨져 있지요. 박상수 시인의 시는 이렇게 우리 삶의 비극을 웃기고 슬픈 장면으로 풀어내곤 합니다.

이럴 때 느끼는 감정을 질투라고 할 수 있을까요? 격렬한 열패감이 깃든 감정의 소용돌이를 질투라고 요약해버리는 것은 어딘가 부족하다는 생각이 들어요. 이런 친구들에게 할 수 있는 말은 무엇일까요? 자존감을 가져, 자기를 사랑해야지……. 이런 말로 충분할까요? 저는 잘 모르겠어요. 아마 이 시에서 그러는 것처럼, 웃을까 울까 망설이는 그런 애매한 표정을 지어 보일 뿐이겠지요.

나는 왕이로소이다

홍
사
용

나는 왕이로소이다. 나는 왕이로소이다. 어머님의 가장 어여쁜 아들, 나는 왕이로소이다. 가장 가난한 농군의 아들로서……. 그러나 시왕전(十王殿)에서도 쫓기어 난 눈물의 왕이로소이다.

"맨 처음으로 내가 너에게 준 것이 무엇이냐?" 이렇게 어머니께서 물으시며는 "맨 처음으로 어머니께 받은 것은 사랑이었지요마는 그것은 눈물이더이다" 하겠나이다. 다른 것도 많지요마는……. "맨 처음으로 네가 나에게 한 말이 무엇이냐?" 이렇게 어머니께서 물으시며는 "맨 처음으로 어머니께 드린 말씀은 '젖 주서요' 하는 그 소리였지마는, 그것은 '으아!' 하는 울음이었나이다" 하겠나이다. 다른 말씀도 많지요마는…….

이것은 노상 왕에게 들리어 주신 어머니의 말씀인데요. 왕이 처음으로 이 세상에 올 때에는 어머니의 흘리신 피를 몸에다 휘감고 왔더랍니다. 그날에 동네의 늙은이와 젊은이들은 모두 "무엇이냐?"고 쓸데없는 물음질로 한창 바쁘게 오고 갈 때에도 어머니께서는 기꺼움보다도 아

266

무 대답도 없이 속 아픈 눈물만 흘리셨답니다. 벌거숭이 어린 왕 나도 어머니의 눈물을 따라서 발버둥질 치며 '으아!' 소리쳐 울더랍니다.

그날 밤도 이렇게 달 있는 밤인데요, 으스름달이 무리 서고 뒷동산에 부엉이 울음 울던 밤인데요, 어머니께서는 구슬픈 옛이야기를 하시다가요, 일없이 한숨을 길게 쉬시며 웃으시는 듯한 얼굴을 얼른 숙이시더이다. 왕은 노상 버릇인 눈물이 나와서 그만 끝까지 쉽게 울어버렸소이다. 울음의 뜻은 도무지 모르면서도요. 어머니께서 좋으실 때에는 왕만 혼자 울었소이다. 어머니의 지우시는 눈물이 젖먹는 왕의 뺨에 떨어질 때에면, 왕도 따라서 시름없이 울었소이다.

열한 살 먹던 해 정월 열나흗날 밤, 맨 잿더미로 그림자를 보러 갔을 때인데요, 명이나 긴가 짧은가 보려고. 왕의 동무 장난꾼 아이들이 심술스럽게 놀리더이다. 모가지 없는 그림자라고요. 왕은 소리쳐 울었소이다. 어머니께서 들으시도록, 죽을까 겁이 나서요.

나무꾼의 산타령을 따라가다가 건너 산비탈로 지나가는 상두꾼의 구슬픈 노래를 처음 들었소이다. 그 길로 옹달 우물로 가자고 지름길로 들어서면은 찔레나무 가시덤불에서 처량히 우는 한 마리 파랑새를 보았소이다. 그래 철 없는 어린 왕 나는 동무라 하고 쫓아가다가 돌부리에 걸리어 넘어져서 무릎을 비비며 울었소이다.

할머니 산소 앞에 꽃 심으러 가던 한식날 아침에, 어머니께서는 왕에게 하얀 옷을 입히시더이다. 그리고 귀밑머리를 단단히 땋아주시며 "오늘부터는 아무쪼록 울지 말아라" 아아, 그때부터 눈물의 왕은! 어머니 몰래 남 모르게 속 깊이 소리 없이 혼자 우는 그것이 버릇이 되었소이다.

누런 떡갈나무 우거진 산길로 허물어진 봉화 둑 앞으로 쫓긴 이의 노래를 부르며 어슬렁거릴 때에 바위 밑에 돌부처는 모른 체하며 감중연하고 앉았더이다. 아아, 뒷동산 장군 바위에서 날마다 자고 가는 뜬구름은 얼마나 많이 왕의 눈물을 싣고 갔는지요.

　　나는 왕이로소이다. 어머니의 외아들, 나는 이렇게 왕이로소이다. 그러나 그러나 눈물의 왕! 이 세상 어느 곳에든지 설움이 있는 땅은 모두 왕의 나라로소이다.

◆ 《백조》 3호, 1923.

우는 사람을
보면

우는 사람을 보면 곤란한 기분이 들죠. 유독 눈물이 잦은 사람이 있습니다. 시인 박용래는 눈물의 시인으로 불렸다고 하는데요. 술을 마시다가 울고, 가만히 앉아 창밖을 바라보다가 울고, 이야기하다가 울었다고 합니다. 어느 기록에서는 동료 작가들이 울고 있는 박용래 시인을 보면 알은체하지 않고 그냥 그대로 두었다고도 하는데요. 사실 그 밖에 다른 방법이 없었을 겁니다.

그 정도로 눈물이 잦은 사람이 흔한 것은 아니지만, 그래도 눈물이 많은 친구 한둘쯤은 다들 있겠죠. 저도 유독 눈물이 많은 친구가 있는데요. 그냥 이야기 나누다가도 안 좋은 일을 말하면 금세 시무룩해져서 눈물을 떨구기 직전이에요. 그럴 때는 모르는 척하고 계속 다른 이야기를 하면서 분위기 전환을 시도하는데요. 다행히 아직 제 앞에서 펑펑 운 적은 없었습니다. 박용래 시인의 얘기도 그렇고, 제 얘기에서도 마찬가지지만, 정말 우는 사람 앞에서는 그걸 못 본 척하는 것 말고는 별다른 방법이 없는 것인가 싶어지기도 합니다.

우는 사람을 보면 대체 어떻게 해야 할까요. 어디에선가 강아지가 우는 사람을 보면서 안절부절못하는 영상 본 적이 있어요. 강아지에게도 별도리가 없는 모양입니다. 그 장면이 인상 깊게 남아, 강아지가 우는 사람을 쳐다보는 시를 쓴 적도 있습니다. 그 시에서는 우는 어른을 보면 잘못하는 기분이 든다는 말을 쓰기도 했는데요. 그건 사실 제 생각이기도 합니다. 울고 있는 어른을 보면, 봐서는 안 되는 것을 봐버린 느낌을 받는 거예요.

우는 모습을 보이는 것은 취약한 상태를 드러내는 일이고, 어른은 그처럼 취약한 상태를 드러내면 안 된다고 여겨지니까요. 말하자면 어른이 우는 일은 가벼운 금기에 가까운 것이라고도 할 수 있지 않을까 합니다. 아무리 울고 싶어도 사람이 많은 곳에서는 좀처럼 울지 못합니다. 그런 모습을 보이는 것이 일종의 결례가 될 수도 있다고 생각하니까요.

하지만 울음에는 분명한 치유와 해소의 효과가 있죠. 한번 크게 울고 나면 괴롭던 마음도 조금은 풀리고요. 눈물샘을 자극하는 영화나 드라마가 오래도록 사랑받는 이유이기도 합니다. 한번 울고 나면 일상 속에 쌓여 있던 응어리들이 조금은 풀리기도 하잖아요. 무엇보다 그런 영화를 보는 시간은 눈물에 대한 면죄부가 조금 주어지는 시간이기도 하죠. 그 시간에 사람들은 마음 놓고 울고, 또 그 눈물과 함께 마음의 짐을 덜어내기도 합니다.

우는 입장에서는 모른 척이 가장 고마운 일이겠지만, 그걸 보는 입장에서는 모르는 척을 하고 있기에는 마음이 어렵습니다. 섣부른 위로 또한 조심스럽고요. 어쩌면 우는 사람 앞에서 함께 울어주는 것이 좋은 방법일 수도 있습니다. 아무한테나 그렇게 해도 좋다는 말은 물론 아니지만, 부러 나에게 취약한 모습을 드러내 보이는 사람에게 보일 수 있는 가장 적절한 반응은 나의 울음으로 답해주는 것이 아닐까 싶어요. 서로가 같은 이유로 울 수 있다면 그때의 눈물은 그저 약점을 드러내는 일로만 끝나지는 않을 테니까요.

〈나는 왕이로소이다〉는 홍사용 시인의 대표작이라고 할 만한 작품인데요. 눈물과 함께 살아온 어떤 사람의 이야깁니다. 이 시의 화자는 자신이 왕이라고, 그것도 가난한 농군의 아들로 태어난 눈물의 왕이라고 말합니다. 태어나서 어머니께 받은 사랑 또한 눈물이며, 어머니에게 표현할 수 있는 것 또한 울음뿐이라고, 그 울음의 뜻이 무엇인지도 모르면서 그저 어머니를 따라 울고, 혼자서도 울고, 그런 눈물의 왕이었다고 자신을 소개하고 있죠.

슬픔의 운명을 짊어지고 태어난 사람이라고도 할 수 있을 것 같습니다. 모가지 없는 그림자를 갖고 있다는 말은 결국 그의 삶이 비극적인 운명에 얽혀 있음을 드러내고 있으니까요. 이 시가 상두꾼을 따라간다거나, 할머니 산소의 이미지를 보여준다거나 하며 죽음의 그림자를 계속 드리우는 것도 같은 맥락으로 이해할 수 있을 겁니다.

어머니는 할머니 산소를 찾아가던 날, 시의 화자에게 이제는 울지 말라고 말합니다. 그건 단지 울음을 참으라는 뜻만은 아닐 겁니다. 비극과 슬픔 앞에서 울며 무너지지 말라는, 어머니 나름의 당부고 걱정이었을 거예요.

자신을 눈물의 왕이라고 선언할 때, 최소한 그 모습을 슬픔 앞에서 무너지는 사람의 모습이라고 생각할 사람은 없을 것입니다. 그런 의미에서 이 시의 멋진 부분은 마지막 장면입니다. 나는 눈물의 왕이고, 이 세상 어느 곳이든지 설움이 있는 땅은 모두 왕의 나라라고 말하는 장면. 이 시의 화자가 자신의 눈물만을 생각하는 것이 아니라, 이 땅의 수많은 다른 우는 이를 생각하며 함께 울고 있음을 보여주는 장면입니다. 나도 당신과 같은 이유로 울고 있으며, 그러나 우리는 결코 무너지지 않을 것이라고, 그렇게 말을 건네주는 거죠. 이것이야말로 울고 있는 다른 사람에게 보여줄 수 있는 가장 멋진 반응이라고 할 수 있지 않을까요.

사과를 파는 국도

박
서
영

상인은 말한다
얼음사과에서 꿀이라 부르는 것은
사실 사과가 썩어가는 흔적이라고

꽃도 바다도 썩어가는 일과는 무관하게
훌쩍 내 곁을 떠나기도 하였는데

따뜻하게 기대 있었다면
더 빨리 썩었을 사과여
미안하다며 돌아보지 않는 입술이여

나는 돌아보지 않는 사과의 뒤통수를
영원히 바라보며
사라진 영원의 구멍을 채워 본다

아무것도 하지 않으려고 사랑합니까?
아삭아삭 깨물어서 버리려고 있습니까?
트럭에서 굴러 떨어지는 사과를 줍는 저녁

떠나려면 한쪽 부위 정도는 썩는 모습을 보여줘야 해
그래야 시큼한 냄새 따위가 남는 거야
그것이 눈알이든 입술이든 심장이든 상관없이
아삭아삭 베어 먹고 달아나야 하니까

얼음과 얼음 사이에 끼어 있는 시간들
흠씬 두들겨 맞은 가을 국도를 지나

사과 박스를 포장하며
상인은 떨이사과를 한 봉지 더 넣어준다
사랑이라는 말이 검은 비닐봉지 속의 파과처럼 터진다

◆ 《착한 사람이 된다는 건 무섭다》, 걷는사람, 2019.

사과
한 알

과일을 참 좋아합니다. 과일을 싫어하는 사람이 있을까 싶지만요. 저는 수박이나 배처럼 달고 물이 많은 과일을 참 좋아하고, 파인애플이나 키위처럼 맛이 너무 강한 과일은 잘 못 먹어요. 오렌지처럼 신맛이 강한 과일도 그렇고요. 파인애플은 맛있게 먹고 나면 입천장이 다 까져 있는 때가 많아서 먹기가 무섭더라고요.

하지만 요즘은 과일 가릴 처지가 아니기도 합니다. 가족들과 함께 살 때는 과일 먹기가 어렵지 않았는데, 혼자 사는 사람은 과일 먹기가 어려우니까요. 장을 볼 때마다 항상 고민하는데요. 큰마음을 먹고 과일을 사면 항상 과일과의 전쟁이에요. 과일은 생각보다 많이 남죠. 모두 먹는 것에 실패해서 무르고 썩어버린 냉장고 속 과일을 보면 마음이 무거워집니다. 사실 지금도 냉장고 속에는 슬슬 무르기 시작한 딸기가 들어 있습니다.

그런 의미에서 자주 챙기는 과일이 사과입니다. 어지간한 과일보다 저장 기간이 길고 편하니까요. 일상에서 가장 친숙한 과일로 역시 사과를 꼽을 수 있을 것 같은데요. 얼마나 가까운지 많은 예술작품에서 재현의 대상으로 선택되기도 했죠. 세잔의 사과라거나, 뉴턴의 사과라거나, 성경에서 말하는 선악과를 그릴 때도 주로 사과의 이미지를 활용한다거나, 사과와 관련된 이야기들도 상당히 많습니다.

비교적 보관이 용이한 사과라고 하더라도 아차 하는 순간에 물러버리기도 합니다. 조금 무른 상태라면 급하게 먹어치우려고 하는데요. 가끔은 잼을 만들어 해결할 때도 있어요. 설탕에 절여서 오래오래 두고 먹는 거죠. 사 먹는 잼만큼 맛있었던 적은 없지만, 요거트나 빵과 함께 먹으면 나름 먹을 만합니다. 과일은 정말 그 무름과의 전쟁이고, 썩음과의 전쟁인 것 같아요.

박서영 시인의 시 〈사과를 파는 국도〉 역시 과일의 썩음에 대해 말하고 있습니다. 국도에서 사과를 파는 상인이 알려주죠. 얼음사과라고 불리는 사과는 사실 썩어가고 있는 것이라고요. 얼음사과는 꿀사과나 밀병사과라고도 부르는데요. 기온 차가 클 때 사과 속 당도가 높아지는 것을 가리킨다고 합니다. 기온 차에 의해 당분이 골고루 분배되지 않고 한쪽으로 몰리는, 일종의 병이라고는 하는데, 사실 먹는 데는 아무 문제도 없고 오히려 선호하는 사람들도 적지 않습니다. 다만 그 탓에 저장 기간이 조금 짧다는 단점이 있다고 해요.

병이기도 하고, 썩어가는 것이기도 한데 오히려 어떤

사람들은 그 썩음을 더 좋아하는 겁니다. 발효도 일종의 썩어가는 과정이고, 한국 사람들이 발효음식을 즐긴다는 것을 생각하면 마냥 이상한 일은 아니죠.

시인은 저 썩어가는 달콤한 사과를 통해 삶에 대한 생각을 이어갑니다. 이별이란 어떤 썩음을 기필코 품고 있는 것이고, 삶이란 그렇게 썩은 것을 드러내며 앞으로 나아가는 것이라고요. 그런데도 이상한 것은 그 안에 묘한 달콤함을 품고 있다는 사실입니다. 인생은 고되고, 이별은 피할 수 없는 것이며, 그 과정에서 우리는 무엇인가가 썩어가는 과정을 견뎌야만 할 텐데, 그 안에는 어떤 달콤함이 있는 거죠.

삶이란 것은 그렇게나 복잡한 것 같습니다. 그래서 이 시의 마지막 장면이 의미심장합니다. 상인은 사과를 포장하면서 떨이로 사과를 더 주죠. 시인은 그걸 두고 사랑이라는 말이 검은 비닐봉지 속의 파과처럼 터져버린다고 말하며 시를 끝맺는 거예요. 고마운 마음으로 덤으로 받은 그 사과는 썩어버릴 것이고, 또 썩어서 터져버리는 것이기도 한 거죠.

정말 어쩔 수 없는 점은, 그렇게 잘 무르고 썩어버린다는 것을 알면서도 삶에서 우리는 결코 과일과 떨어져 지낼 수 없다는 점이겠죠. 그 모든 복잡함이 우리의 삶일 거예요.

사랑은 현물(現物)이니

유종인

더듬어봐라
숨 놓고 얻게 된 푸른 무덤
오랜 돌비석에 새겨진 당신 이름에
흰 똥을 갈기고 가는 새들이 짧은 영혼을 뒤돌아보겠
는가

당신을 품은 무덤도 당신 모르고
당신 이름을 새긴 돌비석도
당신 모르는데, 사랑은
미나리아재비과(科) 독성 품은 풀빛에도 기웃거린다
아연실색, 제 몸빛조차 모르고 흔들리다,
사라진다

더듬어봐라
사랑은 현물이니
맘에 담아 이리저리 말로 꿰려는 이여,
깨어진 돌비석에 역시 깨어진 당신 이름이여
한 이름 둘로 나뉜 비석 돌에 여전히 흰 똥을 떨구고
가는 새들,

성큼 자라오른 가시엉겅퀴 그림자가

깨진 당신 돌 가슴을 겁탈하듯 한나절 끌어안다 가는

것을

◆ 《사랑이라는 재촉들》, 문학과지성사, 2011.

그 사랑을
어떻게 증명하니

누군가를 사랑한다는 사실을 알아차리기까지는 생각보다 시간이 걸리죠. 계속 그 사람이 생각나고, 그 사람을 위한 일을 생각하게 되고, 그런 생각을 계속하다 어느 순간 아, 내가 그 사람을 사랑하고 있구나, 하고 깨닫게 되는 것이 사랑의 흐름인 것 같습니다.

그러니 사랑하는 마음을 갖기 위해서는 감정을 느끼고, 그 감정을 인식하고, 또 스스로 인정하게 되는 일련의 과정이 필요합니다. 첫눈에 반해서 빠지는 사랑은 의외로 흔하지 않죠. 사랑에는 일종의 인준 과정이 필요합니다. 물론 인준이라고 해서 아주 엄격한 기준이나 틀이 있는 것은 아니니, 물밀듯이 거침없이 빠져드는 것이 사랑이기도 하지만요.

정말 어렵고 곤란한 것은 이 사랑하는 마음을 타인이 알아주는 일입니다. 대체 내 사랑을 알리기 위해서는 무엇을 해야 할까요? 사랑한다는 말은 아무리 반복해도 부족하다는 느낌입니다. 도무지 말로는 사랑의 실체에 도달하지 못하는 것 같으니까요. 사랑을 위해서 말을 더 잘하는 방식들이 고안되어 오기도 했습니다. 사랑의 노래도, 문학도 어쩌면 잘 고안된 사랑의 말하기라고 할 수 있을 거예요.

하지만 역시 말만으로는 부족하다는 생각이 듭니다. 사랑을 증명하기 위해 우리는 그 사랑을 물질화하려고 애쓰곤 합니다. 맛있는 음식을 나눠주며 당신의 삶과 당신의 즐거움이 나에게 중요한 것임을 전하고, 귀하고 값진 것을 선물하여 그 사랑이 이처럼 귀하고 값진 것임을 밝히려 하죠. 다른 사람의 마음을 도무지 알 수 없으니까, 마음을 확인하는 대신 마음을 드러내는 다른 물질적이며 현실적인 것들을 통해 마음을 확인하는 겁니다.

왜 친구들끼리 농담으로 사랑은 물질로 보여주는 것이라고들 하잖아요. 마냥 농담도 아니고 속물적 생각만도 아닙니다. 표현하지 않는 한은 결코 알 수 없는 것이 마음이고, 사랑과 같은 우리 존재의 깊은 곳까지 관여하는 감정이라면 그저 말만으로는 충분히 전달되기 어렵잖아요. 사랑의 증거로서 귀한 것을 나누는 건 당연한 일입니다. 사랑은 마음 깊은 곳에 있는 것, 그러나 동시에 타인에게 전해져야만 하는 것. 그러니 사랑이란 결국 감각할 수 있는 것으로 치환되어야만 하는 것이죠.

유종인 시인의 시 〈사랑은 현물(現物)이니〉는 바로 그런 사랑의 속성에 대한 이야기입니다. 사랑이란 어떤 것이라고 바로 이야기하는 대신, 시인은 우선 오래된 무덤 하나를 더듬어보라고 하죠. 내가 죽고 나면 그 무덤의 풀도 그 위를 지나가는 새도, 심지어는 내 이름이 적혀 있는 돌비석조차 나를 모르는 물건에 불과할 뿐이지만, 사랑이란 어디에든 기웃거리고 또 닿는 것이므로 일단 그 무덤을, 무덤의 돌비석을 만져보라고 시인은 권하는 겁니다.

더듬어보게 되면 무슨 일이 벌어지는 것일까요? 이 시에서는 직접적으로 말하지 않고 있지만, 제목에서 힌트를 주고 있습니다. 사랑은 현물이니, 라는 제목은 곧 사랑은 만지고 더듬으며 감각해야 하는 것이라고 이야기하는 건데요. 그렇다면 저 무덤을 더듬으면 무슨 일이 벌어질까요? 사랑이란 현물이고, 감각이니 무덤을 감각한다면, 무덤에서 사랑이 시작되겠죠. 이미 죽은 나에게조차 사랑이 시작되어버리는 것입니다.

사랑이란 감각하는 것임을 아주 절묘하고 강렬하게 표현하는 대목입니다. 하지만 이 시는 이렇게 이해할 수도 있어요. 누군가 날 감각하지 않으면, 날 만지지 않고 더듬지 않으면 그전까지 나는 아무것도 이해받지 못하는, 죽은 상태나 다름없다고. 무덤이나 마찬가지라고. 즉 사랑받지 않으면, 사랑하지 않으면, 그건 살아 있는 것이 아니라고. 현물, 현실에 속한 생물 혹은 물건이 아니라고. 시는 말하는 겁니다.

쉽게 풀어 말하자면 이런 겁니다. 우리는 사랑할 때에만 살아 있다고, 그리고 사랑이란 결국 그 살아 있음, 존재함 자체라고요. 이 논리를 거꾸로 활용하면 이렇게 생각할 수도 있어요. 살아 있는 우리, 존재하는 우리, 현물인 우리는 사랑하고 사랑받고 있는 존재라고요.

아까는 사랑을 증명하기가 참 어렵다는 이야기를 했지만, 여기까지 이야기하다 보니 사실은 어려운 일이 아니라는 생각이 들기도 해요. 내가 그리고 당신이 살아 있다는 그 사실이야말로 사랑을 분명하게 증명하고 있는 것이니까요.

길

김
기
림

나의 소년은 은빛 바다가 엿보이는 그 긴 언덕길을 어머니의 상여와 함께 꼬부라져 돌아갔다.

나의 첫사랑도 그 길 위에서 조약돌처럼 집었다가 조약돌처럼 잃어버렸다.

그래서 나의 마음은 푸른 하늘을 때없이 그 길을 너머 강가로 내려갔다가도 노을에 함북 자줏빛으로 젖어서 돌아왔다.

그 강가에는 봄이 여름이 가을이 겨울이 나의 나귀와 함께 여러 번 댕겨갔다. 까마귀도 내려가고 두루미도 떠나간 다음에는 누—런 모래둔과 그리고 어두운 내 마음이 남아서 몸서리쳤다. 그런 날은 항용 감기를 만나서 돌아왔다.

할아버지도 언제 난지를 모른다는 마을 밖 그 늙은 버드나무 밑에서 나는 지금도 돌아오지 않는 어머니 돌아오지 않는 계집애 돌아오지 않는 이야기가 돌아올 것처럼

멍하니 기다려본다. 그러면 어느새 어둠이 기어와서 내
뺨의 얼룩을 씻어준다.

◆ 《조광》 1936년 3월호.

모든 돌아오지 않는 것을
떠올리며

———

　지나버린 일들, 끝난 것들, 그리고 다시는 돌아오지 않는 것들을 자주 생각합니다. 예전에 어울렸던 친구를 생각하기도 하고, 과거에 좋았던 시절을 다시 추억하기도 하고요. 그때 만났던 사람들에게 뒤늦게 속으로 말을 건네기도 하죠. 그때는 참 좋았지, 혹은 그때는 내가 잘못했어, 이런 식으로요. 때로는 과거에 있었던 일을 계속 생각한 끝에, 예전과는 다른 결론에 도달하기도 합니다. 아, 내가 그때 들었던 말은 그런 뜻이 아니었구나, 혹은 내가 그때 그렇게 말했던 것은 이런 까닭이구나, 라는 식으로요. 이런 과정을 통해 스스로 잘못 알고 있던 저를 다시 알게 되기도 합니다. 지나버린 것은 결코 돌아오지 않고, 시간은 한 방향으로만 흘러가는 것이지만, 그래도 그걸 다시 생각할 수는 있죠. 내 안에서나마 그것을 다시 불러들여서, 다시 말할 수도 있는 겁니다.

　이미 지난 일이야, 얼른 다 잊어버려, 그런 말을 우리는 종종 하기도, 듣기도 하는데요. 돌이킬 수도 없고, 어찌할

287

수도 없는 일에 구애됨을 그만두고, 앞날을 향해 나아가길 권하는, 걱정과 염려가 담긴 다정한 말이긴 합니다. 하지만 그게 마음처럼 잘 되는 일도 아니고, 꼭 다 잊어버리는 것만이 능사도 아닙니다. 잊어버려야만 앞으로 나아갈 수 있는 것은 아니라는 거죠. 오히려 잊지 않고 마음에 담아두고, 다시 생각해보는 일이 앞으로 나아가는 데 큰 힘이 될 수도 있다고 생각합니다.

문학을 하는 사람으로서는 더욱 그렇습니다. 문학은 결국 이미 지난 일이야, 다 잊어버려, 그렇게 말하는 대신, 잊지 말자고, 혹은 잊지 않겠다고 말하는 일이거든요. 나의 슬픔도 타인의 슬픔도 모두 잘 기억하기 위한 수단이 바로 문학이라고 생각합니다. 문학을 하는 사람이란 어쩌면 잘 잊지 않는 사람인 것은 아닐까, 그런 생각도 드네요. 이렇게 말하고 보니 기억력이 안 좋아서 어지간한 일들을 다 까먹고 사는 사람이 저라는 사실이 문득 떠오르네요. 이 사실도 지금까지 기억하지 못하고 있던 건데요. 이 정도면 제가 얼마나 기억력이 나쁜지 아시겠죠.

하지만 기억력이 나쁜 저라고 해도, 문학이 기억하는 일이라는 것만은 충분히 체감하고 있습니다. 기억력 나쁜 저에게도 유독 생각나고, 마음에 남아서 잊히지 않는 일들이 있거든요. 시작하며 말씀드린 지나버린 일들, 끝난 것들은 대체로 이상하게 마음에 남고 또 기억에 남는 일들입니다. 나의 슬픔이나 타인의 슬픔처럼 도무지 잊을 수 없는 일들이 기억에 남는 경우도 있는데요. 사실은 꼭 그런 것만은 아니에요. 지나가다 본 간판에 쓰인 말, 나뭇가지에 매달려 있던 신기한 모양의 열매, 언제인지도 기억나지 않는 학교 운동장의 풍경 같은 것들 또한 저에게는 기억에 남은 일들 이거든요.

그런 모든 기억에 남은 일들을 다시 생각하고, 또 생각 하면서 그 기억이 대체 무엇이었는지 조금씩 알아가게 되는 것 같습니다. 그래서 지난 일을 일부러 잊어버리는 일을 할 수가 없어요(물론 잊지 않으려 노력해도 까먹게 되는 일들도 참 많기는 하지만요).

김기림 시인의 글도 그렇죠. 〈길〉은 사실 시가 아니라 수필입니다. 워낙에 내용도 짧고 시적인지라 제법 오랫동 안 시로 읽혀왔는데, 작가 스스로가 이 글을 수필이라고 여 겼던 사실이 알려지면서 지금은 수필로 받아들여지고 있죠. 그렇다고 해도 저에게는 이 글이 김기림의 어떤 글보다도 더 시적으로 읽힙니다.

이 글의 화자는 소년 시절을 이야기하고 있습니다. 그 의 소년 시절은 바다가 보이는 언덕길에 어머니의 상여가 지나갔던 기억, 첫사랑과 이별한 기억 같은 것으로 이뤄져 있죠. 떠나간 이들을 그리워하며, 바다가 보이는 길가를 걷 고, 그 너머의 강가를 따라 걷곤 했습니다. 그 그리움이 어찌 나 깊었는지 그렇게 홀로 걷고 나면 항상 감기에 시달렸죠.

그 후로도 그는 돌아오지 않는 이들을 생각하며, 마을

바깥 오래된 버드나무 밑에서 그들을 기다립니다. 그럴 때면 어느샌가 저녁의 어둠이 찾아와 얼굴에 흘러내린 눈물 자국을 슬며시 씻어주었죠.

　참 서정적인 이야기죠. 이 글은 단지 그리움에 대한 이야기만은 아닙니다. 그리움을 마음에 품고, 성장하는 사람의 이야기라고 보는 편이 더 정확할 텐데요. 그래서 이 글은 쓸쓸함과 슬픔이 짙긴 해도, 절망의 기색은 느껴지지 않습니다. 이야기 속의 소년 역시 과거의 상처를 완전히 극복하지는 못했지만, 그렇다고 그 상처에 휘둘리는 것처럼 보이지도 않죠.

　이 이야기의 주인공에게 이제 옛날 일이니 다 잊으라는 말은 못 할 것 같습니다. 설령 얼굴 한구석에 그늘이 져 있다 하더라도, 그 그늘이 만들어낸 음영의 깊이만큼 내면 또한 성숙해졌으리라는 것은 분명할 테니까요.

이런 詩

상

역사를 하느라고 땅을 파다가 커다란 돌을 하나 끄집어 내어놓고 보니 도무지 어디서인가 본 듯한 생각이 들게 모양이 생겼는데 목도들이 그것을 메고 나가더니 어디다 갖다 버리고 온 모양이길래 쫓아나가 보니 위험하기 짝이 없는 큰길가더라.

그날 밤에 한 소나기 하였으니 필시 그 돌이 깨끗이 씻겼을 터인데 그 이튿날 가보니까 변괴로다 간데온데없더라. 어떤 돌이 와서 그 돌을 업어갔을까. 나는 참 이런 처량한 생각에서 아래와 같은 작문을 지었도다.

"내가 그다지 사랑하던 그대여, 내 한평생에 차마 그대를 잊을 수 없소이다. 내 차례에 못 올 사랑인 줄은 알면서도 나 혼자는 꾸준히 생각하리다. 자 그러면 내내 어여쁘소서."

어떤 돌이 내 얼굴을 물끄럼이 치어다보는 것만 같아서 이런 詩는 그만 찢어버리고 싶더라.

◆ 《가톨릭청년》 2호, 1933.

사랑은
이불킥을 타고

자려고 누웠을 때 문득 수치스러운 기억이 떠오르면 이불을 걷어차고 싶죠. 그런 순간 다들 있을 겁니다. 지워버리고 싶은 어두운 역사라는 뜻에서 우린 그걸 흑역사라고 부르기도 합니다. 살면서 후회되는 순간은 참 많고, 되돌리고 싶은 기억도 많지만, 그렇다고 가만히 누웠을 때, 이불을 걷어차고 싶지는 않습니다. 보통은 한숨을 쉬고, 저 자신을 책망할 뿐이죠.

이불킥의 순간은 대부분 사랑의 기억과 관련이 깊은 것 같습니다. 사랑에 빠졌을 때, 우리는 조급하고 미숙해지니까요. 삶 자체가 낯설고 어색한 어린 시절에는 그 미숙함이 한층 더 커지는 법이죠. 제가 종종 떠올리는 그래서 정말 이불을 걷어차게 하는 기억으로는, 변변한 선물을 하기가 쉽지 않았던 어린 시절, 종이학을 선물했던 일입니다. 너무 부끄러워서 자세한 부분은 머릿속에서 이미 거의 다 지워버렸지만 짧게 몇 마디씩 적은 학종이로 잔뜩 종이학을 접어서 병에 담아 건네줬던 것 같아요. 연인에게 건네는 최악의 선물 가운데 종이학이 당당하게 상위권에 랭크인 되어 있던 것을 어디선가 보고서는 제가 얼마나 바보 같은 짓을 한 것인지 뒤늦게 알아차렸습니다. 그때에는 참 진지하게 만들었던 것 같은데, 진지했던 만큼 더 민망한 기억입니다.

짝사랑을 하면서 혼자 상심하고, 혼자 화가 나서 이상하게 굴었던 적은 헤아릴 수도 없이 많고, 생각을 혼자 키워나가다가 엉뚱한 데까지 가버리는 적도 참 많았습니다. 종이학 선물은 그런 민망한 기억 가운데 가장 저 자신에게 타격이 덜한, 소프트한 버전의 이야기였습니다.

그런 폭주가 저만의 것은 아닙니다. 과거의 수많은 작가도 마찬가지예요. 백석은 사랑을 위해 통영을 여러 번 오가다 결국 실연당했고, 김수영은 사랑하는 이에게 찾아가 "my soul is dark", 이렇게 자신의 마음을 털어놓기도 했죠. 김수영의 경우야 부인인 김현경 선생이 직접 그 고백에 반했노라 말하기도 했으니 이불킥에 해당하진 않겠지만요.

제가 처음으로 쓴 글도 폭주의 결과물이긴 했습니다. 오래 괴로워하던 짝사랑을 어떻게든 정리하고 싶어서, 지난 시간을 소설로 짧게 정리한 것이 어쩌면 제 문학의 시작이었다고도 할 수 있을 테니까요. 많은 작가가 이런 식으로 문학을 시작했을 테고, 그렇게 보면 문학이란 대체 무엇을 먹고 자라나는 물건인지 참 무섭기도 합니다.

20대의 젊은 시인이었던 이상 역시 그랬습니다. 이상의 〈이런 詩〉는 말하자면 이상이 이불킥하는 마음을 담은 시라고도 할 수 있을 텐데요.

> 내가 그다지 사랑하던 그대여, 내 한평생에 차마 그대를 잊을 수 없소이다. 내 차례에 못 올 사랑인 줄은 알면서도 나 혼자는 꾸준히 생각하리다. 자 그러면 내내 어여쁘소서.

이 구절은 로맨틱한 사랑의 문장으로 독자들에게 사랑받고 있기도 한데, 사실 그다음 구절이 본심에 더 가까운 문장입니다. 어떤 돌이 내 얼굴을 물끄러미 치어다보는 것만 같아서 이런 詩는 그만 찢어버리고 싶더라, 라는 문장이요. 아이러니하죠. 너무 허탈하고 민망해서 찢어버리고 싶다고 말한 그 문장을, 오히려 독자들은 더욱 사랑했으니까요. 독자들과 언제나 멀찍이 떨어져 있고자 했던 이상에게는 어울리는 일이었을 수도 있겠습니다.

시의 앞부분은 다소 기묘하게 전개됩니다. 땅을 파는 일을 하다 끄집어낸 커다란 돌 하나가 화자의 마음에 남습니다. 밤에는 소나기가 쏟아지고, 마음에 남은 그 돌을 보러 가니 누가 업어 갔는지 돌은 온데간데없죠. 그 황망한 마음에 남긴 것이 앞서 인용한 부분입니다. 하지만 돌은 이미 사라지고 난 뒤였으니, 그런 시가 무슨 소용이었겠어요. 그러니 그 소용없는 시를 찢어버리고 싶어졌다는 것이 이 시의 내용입니다.

사랑이 이루어지지 못한 마음을 담은 시이기도 하고,

분열된 내 마음의 상태를 드러내 보이는 시이기도 하고, 또 어떤 해석에 따르면 당시에 유행하던 낭만주의풍의 시에 대한 비판이기도 합니다.

저에게는 이상의 낭만적 태도가 고스란히 드러나는 시라는 점이 인상적인 작품입니다. 아마 20대의 젊은 시절이었기에 할 수 있는 말과 마음이 아니었을까 싶기도 하네요.

여러분은 어떤 혈기로 어떤 부끄러운 기억을 남겼나요. 생각하면 민망하고 부끄럽지만, 그런 부끄러움 자체는 잘못된 것이 아닙니다. 그저 내가 성장했고, 또 예전과는 다른 사람이 되었다는 뜻일 뿐이죠. 사람은 그렇게 계속 변하고, 나아가니까요. 어쩌면 지금의 저를 10년이나 20년 뒤의 제가 다시 부끄러워할 수도 있을 겁니다.

오늘

황
인
찬

두 사람은 춤을 춘다
춤을 잘 추지는 못하지만

두 사람은 그런대로 귀여운 구석이 있다

두 사람은 춤을 춘다
눈밭 위에서 백사장 위에서

발자국과 발자국들이 겹치고

어제로부터 시작되어
내일로 이어지는

동작과 동작의 지속과
가슴 아래 따뜻한 운동의 연속이 있다

두 사람이 춤을 멈추면
두 사람은 그냥 웃을 것이다

어떤 하루는 비뚤고 어떤 하루는 서툴고 또 어떤 하루는 아무 일도 없겠지만

그냥 웃을 것이다
그게 두 사람의 가장 좋은 점이다

숲으로 이어지는 길 위에서
고요한 물 위에서

미워하는 것을 미워하고 사랑하는 것을 사랑하면서

두 사람은 춤을 춘다
그것이 두 사람이 가장 잘하는 일이라는 것처럼

두 사람은 춤을 잘 추지는 못하지만
그런대로 귀여운 구석이 있다

그래서 결국 우리는 두 사람과 함께 웃을 수밖에 없을 것이다

그것이

두 사람의 가장 좋은 점이다

◆ 《창작과비평》 2019년 겨울호.

계속 시작되는
오늘

———

후배의 결혼식에 다녀왔습니다. 후배들의 결혼식이라고 해야겠네요. 6년을 만나온 캠퍼스 커플의 결혼식이었습니다. 저는 결혼을 알린 후배에게 축하의 말을 전하며 물어봤어요. 어떻게 그렇게 오래 만났느냐고. 후배는 귀여워서 오래 만났다고 답하더라고요. 그 말을 들으며 6년을 만나도 귀여운 마음이 드는 것은 또 어떤 마음일까, 그런 생각을 잠시 했습니다. 저는 "장하다"라고 답했던 것 같아요. "징하다"라고 말하려다가 마음을 고치고 장하다고 말한 것이었죠.

모두 마음을 드러내는 말이었습니다. 징하기도 하고 장하기도 한 거죠. 누군가를 오래도록 만나는 일은 불가능한 일은 아닙니다. 하지만 누군가가 계속 귀엽다는 것은 정말로 장한 일이라고 생각했어요. 누군가를 생각하는 마음이 오래도록 변하지 않는 것이 가능할까요? 불가능하다고 단정 지을 수는 없지만 아주 어려운 일이라고는 할 수 있을 것 같아요. 사람이란 알면 알수록 달라 보이는 법이니까요.

오래 알았다고 하더라도 교류가 많지 않다면, 가까운

사이가 아니라면, 그 사람에 대한 생각이 변하지 않을 수는 있을 거예요. 원래 좋은 사람이란, 적당히 거리가 먼 사람이기 마련인 것처럼요. 긴 시간 동안 지속적으로 교류해온 사람에 대한 생각이 꾸준할 수 있다면, 거기에는 어떤 노력들이 필요할 수밖에 없죠. 후배가 그런 것처럼 연인이 오래도록 귀엽게 느껴지려면, 새로운 귀여움을 꾸준히 발견해야 할 테고, 오래된 귀여움에서 또 나름의 맛을 새롭게 뽑아낼 줄 알아야 하겠지요. 하지만 새로운 귀여움도, 귀여움의 재발견도 결국에는 한계가 올 수밖에 없습니다. 바로 거기에서 진정한 노력이 시작될 거예요. 마음을 기울이고, 어제와 같은 방식으로 오늘 또 새로운 사랑을 하려는 노력, 그런 노력이 없다면 관계란 이어지지 않는 것입니다.

결혼식장에서 본 두 사람은 제가 본 사람들 가운데 가장 귀여운 두 사람이었습니다. 꼬마 신랑과 귀여운 공주 같은 두 사람이 나란히 서 있는 모습을 보며, 저뿐 아니라 식장에 있는 모두가 흐뭇한 표정을 지었어요.

〈오늘〉은 바로 그 결혼식장에서 두 사람을 위해 제가 쓰고 읽은 축시입니다. 제가 아는 가장 귀여운 두 사람을 위한 시였지요. '오늘'부터 시작되는 두 사람의 춤을 상상해봤어요. 두 사람이 춤을 추려면 함께 호흡을 맞춰야 하고, 발을 맞추며 적절한 간격을 유지해야 하죠. 그리고 무엇보다 그 춤을 추며 함께 리듬을 느끼고, 즐거워야만 하겠지요. 그런 점에서 춤이라는 소재가 새로 시작되는 삶과 참 어울린다고 생각했어요.

　처음 호흡을 맞춰보는 만큼, 한동안은 박자가 어긋나거나 서로의 발을 밟는 일도 있을 테지만, 두 사람은 그럴 때마다 웃으며 춤을 이어갈 수 있을 거예요. 기쁨이 넘쳐 흐르고, 간혹 숨이 차더라도 그것마저 즐거움을 만들어줄 거예요. 추운 곳에서 춤을 출 수도 있고 더운 곳에서 춤을 출 수도 있겠지만, 어디서든 두 사람이 함께 춤출 수 있다면 그것만으로도 충분하리라 생각해요. 이렇게, 계속 춤을 함께 추려고 노력하고 애를 쓰는 일이, 앞으로도 계속 이어지겠지요. 그리고 그런 과정에서 서로를 귀엽다고도 생각할 수 있을 테고요.

　결혼식을 마치고, 피로연에서는 두 사람의 춤과 노래를 잠시 구경할 수 있었는데요. 생각한 대로 춤도 노래도 서툴고 합도 잘 안 맞았지만, 그것이 참 귀엽고 사랑스럽게 느껴졌습니다. 보는 사람들마저 흐뭇해지는 두 사람이라면, 앞으로도 행복하게 잘 살 수 있으리라 생각했어요.

　행복은 얻기도 어렵고, 믿기도 어려운 것이지만, 그럼에도 제가 믿는 것은 행복에는 옆으로 번져가는 성질이 있다는 점입니다. 행복하기 위해 서로를 위해 애쓰는 두 사람이 있다면, 그 두 사람의 따스함은 옆의 사람에게로, 그리고 다가오는 내일로 이어질 수 있을 겁니다.

너는 내가 아니다,
나는 너다

    자신의 삶에 대해 말하는 것은 두려운 일입니다. 저의 흠결과 부족함이 혹여나 탄로 날 수도 있으니까요. 그런데 이상하게도 시라는 형식을 통해 삶에 대해 말할 때는 두렵지 않습니다. 시라는 그 유연하고 자유로운 말하기를 통해 오히려 제 삶이 해방되는 것만 같다는 생각이 들 때마저 있습니다. 이것은 제가 시를 쓰며 얻는 작지만 중요한 기쁨이자, 제가 실감하는 시의 중요한 효능입니다.

    시를 읽고 쓰는 일은 바로 그 해방을 공유하는 일입니다. 일상에서 출발하여 일상을 넘어서는 시는 우리에게 타인의 삶을 상상할 수 있게 하고, 또 그 과정을 통해 일상 너머의 세계를 짐작할 수 있게 하며, 그리하여 우리가 더욱 크고 나은 존재가 될 수 있도록 합니다. 타인의 시를 읽음으로써 그만큼 나의 세계는 넓어집니다. 우리가 함께 시를 읽는다면 우리가 함께 성장할 수도 있겠지요.

    이 책은 1년간 '네이버 오디오클립'에서 연재했던 〈황인찬의 읽고 쓰는 삶〉의 원고 일부를 정리하여 묶은 것입니다.

시를 읽으며 삶을 말하고, 삶 속에서 시를 발견하고자 했습니다. 시와 삶을 함께 생각하는 것은 시인이 된 이후로 항상 해온 일이었지만, 그 생각의 과정을 이렇게 이야기로 풀어낸 것은 저에게는 처음 있는 일이었습니다. 제가 이 작업을 통해 얼마나 성장했는지 스스로 확신하기는 어렵지만, 이 책을 통해 여러분과 만나는 일이 저에게 아주 의미 깊은 일이라고는 분명하게 말할 수 있습니다.

*

이 책의 제목 '읽는 슬픔, 말하는 사랑'은 시가 우리 삶에서 작동하는 방식을 가리킵니다. 시를 읽는 일은 다른 존재의 슬픔을 알아차리는 일입니다. 아무리 밝고 희망찬 시라고 하더라도 그 시가 충분히 좋은 시라면 거기에는 얼마간의 슬픔이 잠들어 있습니다. 그건 아름다움이 작동하는 방식과 관련이 깊습니다.

우리는 아름다운 것을 보면서도 종종 슬픔을 느끼는데요. 아름다움이란 '손에 닿지 않음'을 의미하기 때문입니다. 아름다운 자연의 모습에 감동하면서, 숭고한 사랑의 이야기에 감동하면서, 또 말로 충분히 설명되지 않는 어떤 낯선 감각을 온몸으로 체감하면서, 우리는 그 아름다움이 나의 손에 닿지 않음을 절감합니다. 그 손에 닿지 않는 감각이야말로 아름다움의 요체이자, 아름다움이 자아내는 슬픔의 까닭입니다.

　반대로 아무리 아름다운 것이라 하더라도 가까운 곳에 안착하고 나면 그 빛을 잃어버리는 법이죠. 제아무리 아름다운 음악도 자동차의 후진 알림음으로 울려 퍼지면 아름다울 수 없습니다. 경이로운 회화 작품도 미술관을 벗어나 건물 화장실에 걸리면 그 빛을 잃어버리죠. 아무리 아름다운 외모를 가졌다 한들 거울에 비친 자기 모습을 아름답다고 생각하기는 어렵고, 그것을 보며 눈물을 흘리기란 더욱 어려울 것입니다(이건 《백설공주》에서의 여왕이 슬픈 존재인 까닭이기도 할 것입니다). 우리는 아름다운 것을 보며 내가 저것과 이토록 멀리 있다는 사실을, 내가 저 아름다움과 무관한 존재임을 깨닫습니다. 우리의 슬픔은 바로 거기서 기인하는 것입니다. 그러니 이렇게도 말할 수 있겠지요. 아름다움이란 '너는 내가 아니다'라는 사실을 깨닫게 하는 것이라고요.

　좋은 시를 읽으면 슬픔이 찾아오는 것도 같은 연유입니다. 좋은 시는 존재를 명료하게 드러내는 법이어서, 타자의 존재를 우리의 영혼이 실감하게 합니다. 좋은 시란 결국 나는 네가 아니라는 사실을, 그리고 너는 내가 아니라는 사실을 우리가 진정 느끼게 만들어준다는 말입니다. 그러니 슬플 수밖에 없지요. 우리는 하나의 완결된 작품을 읽음으로써 인간은 고독한 존재라는 사실을 깨닫습니다.

　그러나 시는 사실 '너는 나다', 그렇게 말하는 양식이기도 합니다. 은유와 상징을 통해, 침묵과 리듬을 통해, 시는 타인에게 가닿고, 다른 사물에 가닿습니다. 시는 빗방울이 되어 당신에게 날아갈 수 있으며, 한 송이 꽃을 보여줌으로써 우리가 같은 감정을 가졌음을 떠올리도록 하고, 영혼을 닮은 리듬을 통해 서로 다른 심장박동을 가진 이들이 같은 심박으로 뛰도록 만들어줍니다. 그리하여 결코 하나일 수 없을 너와 나는, 시를 통해 잠시나마 하나가 될 수 있습니다. 앞서 시를 통해 우리가 성장할 수 있노라고 말씀드린 것은 이런 맥락 또한 거느리고 있습니다.

*

　타인의 시를 읽으며 저의 삶을 말하는 이 책이 여러분의 삶과 맞닿을 수 있기를 기대합니다. 그리하여 우리가 더 나은 사람이 될 수 있다면 그 이상 바랄 수 있는 일은 없을 것입니다. 슬픔을 읽고, 사랑을 말한다는 이 책의 제목은 바로 그런 뜻입니다. 시를 통해 우리는 잠시 만날 수 있고, 또 잠시 사랑에 대해 생각해볼 수도 있을 테니까요.
　이 책은 많은 분의 사랑을 통해 세상에 나올 수 있었습니다. 이 기획을 가능하게 한 네이버 오디오클립의 관계자 여러분과 부족함 많은 저의 원고를 섬세하게 살펴주신 안온북스 여러분께 감사의 말씀을 전합니다. 무엇보다 시를 수록할 수 있게 허락해주신 시인들께 깊고 깊은 감사와 사랑을 전합니다. 아름다운 시를 적어주신 덕분에 이 모든 일이

가능했습니다.

우리가 앞으로도 계속 함께 읽고 함께 생각할 수 있기를, 그리하여 함께 살아갈 수 있기를 진심으로 바랍니다.

읽는 슬픔, 말하는 사랑

©황인찬, 2022

초판 1쇄 발행 2022년 4월 27일
초판 3쇄 발행 2022년 6월 16일
지은이 황인찬

펴낸곳 (주)안온북스 펴낸이 서효인·이정미 출판등록 2021년 1월 5일
제2021-000003호 주소 서울시 마포구 월드컵로14길 28 301호
전화 02-6941-1856(7) 홈페이지·웹진 www.anonbooks.net
인스타그램 @anonbooks_publishing 디자인 박연미 제작 제이오

ISBN 979-11-975041-9-8 03810